P9-CDF-291

El ascensor artificioso : sexto libro

UNA SERIE DE
CATASTRÓFICAS DESDICHAS

TÍTULOS PUBLICADOS:

UNA SERIE DE
CATASTRÓFICAS DESDICHAS

EL ASCENSOR ARTIFICIOSO

SEXTO LIBRO DE LEMONY SNICKET

ILUSTRACIONES DE
BRETT HELQUIST

TRADUCCIÓN DE
VERÓNICA CANALES

montena

❊

Título original: *The Ersatz Elevator*
Diseño de la cubierta: Departamento de diseño
de Random House Mondadori
Directora de arte: Marta Borrell
Diseño: Judith Sendra

Publicado por Editorial Lumen, S. A.,
Travessera de Gràcia, 47-49. 08021 Barcelona

Reservados los derechos de edición en lengua
castellana para todo el mundo.

© Lemony Snicket, 2000
© de las ilustraciones: Brett Helquist, 2003
© de la traducción: Verónica Canales Medina, 2003

Segunda edición: octubre, 2003
Compuesto en Fotocomposición 2000, S. A.
Impreso en Litografía Rosés, S. A.
Progrés, 54-60. Gavà (Barcelona)
Depósito legal: B. 41.222 - 2003
ISBN: 84-8441-215-6
Printed in Spain

GT 1 2 1 5 6

❊

Para Beatrice.
Cuando nos conocimos, empezó mi vida.
Poco después, terminó la tuya.

Uno

El libro que tenéis en vuestras dos manos ahora mismo —suponiendo que en realidad estéis cogiendo este libro y tengáis dos manos— es uno de los dos libros del mundo que os enseñará la diferencia entre la palabra «nervioso» y la palabra «ansioso». El otro libro, claro está, es el diccionario, y si estuviera en vuestro lugar sería el que consultaría.

Al igual que este libro, el diccionario os enseña que la palabra «nervioso» significa «preocupado por algo» —puede que os sintáis nerviosos, por ejemplo, si vais a comer helado de ciruela de postre, porque os preocupa que tenga un sabor horrible—, mientras que la palabra «ansioso» significa «sumamente inquieto por una alarmante incertidumbre», que es algo que podríais sentir si os sirvieran un cocodrilo vivo de postre, porque estaríais inquietos por la alarmante incertidumbre de si vosotros os comeréis el postre o el postre os comerá a vosotros. No obstante, a diferencia de este libro, el diccionario también habla de palabras mucho más agradables que las que hemos visto. La palabra «burbuja», por ejemplo, está en el diccionario, como lo está la palabra «pavo», la palabra «vacaciones» y las palabras «la» «ejecución» «del» «autor» «ha» «sido» «cancelada», que forman una frase bastante agradable de oír. Así que si vais a leer el diccionario en lugar de este libro, podéis saltaros la parte sobre «nervioso» y «ansioso» y leer algo que no os tenga toda la noche llorando y tirándoos de los pelos.

Sin embargo, este libro no es el diccionario, y si os saltarais las partes donde salen las palabras «nervioso» y «ansioso», os estaríais saltando los fragmentos más entretenidos de toda la historia.

En este libro no encontraréis las palabras «burbuja», «pavo real», «vacaciones», ni, desgraciadamente para mí, nada sobre la cancelación de la ejecución del autor. En cambio, y siento decirlo, encontraréis palabras como «tristeza», «desesperación» y «afligido», así como frases del estilo «oscuro pasadizo», «Conde Olaf disfrazado» y «los huérfanos Baudelaire estaban atrapados», además de toda una serie de palabras y expresiones desdichadas que no me veo capaz de escribir. En resumen, leer un diccionario podría poneros nerviosos, porque lo encontraríais demasiado aburrido, pero con la lectura de este libro os sentiréis ansiosos, porque os inquietará la alarmante incertidumbre en que se encuentran los Baudelaire. Si yo estuviera en vuestro lugar dejaría caer este libro de vuestras dos o más manos y cogería el diccionario en su lugar, porque todas las palabras tristes que tengo que utilizar para describir estas catastróficas desdichas están a punto de entrar por vuestros ojos.

—Imagino que debéis de estar nerviosos —dijo

el señor Poe. El señor Poe era un banquero a cuyo cargo quedaron los Baudelaire tras la muerte de sus padres en un terrible incendio. Siento decir que el señor Poe no había hecho un trabajo muy bueno hasta ese momento, y que los Baudelaire habían aprendido que la única cosa del señor Poe con la que podían contar siempre era que estuviera perpetuamente resfriado. Efectivamente, en cuanto acabó la frase, sacó su pañuelo blanco, se tapó con él la boca y tosió.

El destello de algodón blanco fue casi lo único que los huérfanos Baudelaire pudieron ver. Violet, Klaus y Sunny estaban junto al señor Poe delante de un gran edificio de apartamentos en la avenida Oscura, una calle de uno de los barrios más elegantes de la ciudad. Aunque la avenida Oscura se encontraba a solo unas manzanas de donde había estado la mansión de los Baudelaire, los tres niños nunca habían pisado ese barrio y habían supuesto que la palabra «oscura» del nombre de la avenida era simplemente un nombre y nada más, al igual que el nombre de George Washington en el bulevar George Washington no indica necesariamente que George Washington viva allí, o al igual que la calle Sexta no ha sido dividida en seis partes iguales. Sin embargo, aquella tarde los Baudelaire se dieron cuenta de que «avenida Oscura» era algo más que un nombre: era una descripción adecuada. En lugar de farolas colocadas a intervalos regulares a lo largo de la acera, había árboles de una clase que los niños jamás habían visto y que difícilmente podían ver en ese momento. En lo alto de un grueso y espinoso tronco, las ramas de los árboles caían como un montón de colada tendida, y extendían sus anchas y planas hojas en todas direcciones, como un techo bajo y verdoso sobre las cabezas de los Baudelaire. Ese techo bloqueaba el paso de la luz del sol, de modo que, aunque era media tarde, en esa calle parecía noche cerrada, solo que un poco más verde. Así las cosas, resultaba un tanto difícil que tres huérfanos se sintieran bien recibidos en el momento en que se aproximaban a su nuevo hogar.

—No tenéis por qué estar nerviosos —dijo el señor Poe mientras volvía a meterse el pañuelo en el bolsillo—. Me he dado cuenta de que algunos de vuestros tutores anteriores han causado algún que otro problemilla, pero creo que el señor y la señora Miseria os proporcionarán un hogar como es debido.

—No estamos nerviosos —aclaró Violet—. Estamos demasiado ansiosos para estar nerviosos.

—«Ansioso» y «nervioso» significan lo mismo —rectificó el señor Poe—. Y, de todas formas, ¿por qué ibais a estar ansiosos?

—Por el Conde Olaf, claro —contestó Violet. Violet tenía catorce años, lo que la convertía en la mayor de los Baudelaire y en la que tenía más posibilidades de hablar con los adultos. Era una inventora excelente y estoy seguro de que, de no haberse sentido ansiosa, se habría atado el pelo con un lazo para apartárselo de los ojos mientras pensaba en un invento que pudiera iluminar los alrededores.

—¿El Conde Olaf? —dijo el señor Poe, quitándole importancia–. No os preocupéis por él. Jamás os encontrará aquí.

Los tres niños se miraron entre sí y suspiraron. El Conde Olaf había sido el primer tutor que el señor Poe había encontrado para los huérfanos y era una persona tan sombría como la avenida Oscura. Tenía una única y larga ceja, un tatuaje de un ojo en el tobillo y dos mugrientas manos que esperaba utilizar para afanar la fortuna que los Baudelaire heredarían en cuanto Violet cumpliese la mayoría de edad. Los niños habían convencido al señor Poe para dejar de estar al cuidado del Conde Olaf, pero desde entonces, el Conde los había perseguido con empecinada insistencia, una expresión que aquí significa «adondequiera que fueran, maquinando malvados planes y disfrazándose para intentar engañar a los tres niños».

–Es difícil no preocuparse por Olaf –afirmó Klaus mientras se quitaba las gafas para probar si así podía ver algo más en la oscuridad–, porque tiene a nuestros camaradas en sus garras. –Aunque Klaus, el mediano de los Baudelaire, solo tenía doce años, había leído tantos libros que solía utilizar palabras como «camaradas», que es una forma elegante de decir «amigos». Klaus se refería a los trillizos Quagmire, a quienes los Baudelaire habían conocido cuando estaban en un internado. Duncan Quagmire aspiraba a ser periodista y siempre estaba anotando información útil en su cuaderno. Isadora Quagmire era poeta y utilizaba su cuaderno para escribir poesía. El tercer trillizo, Quigley, había fallecido en un incendio antes de que los Baudelaire tuvieran la oportunidad de conocerlo, pero los Baudelaire estaban seguros de que habría sido tan buen amigo como sus hermanos. Al igual que los Baudelaire, los Quagmire eran huérfanos, pues habían perdido a sus padres en el mismo incendio que se llevó la vida de su hermano y, también como los Baudelaire, los Quagmire habían heredado una inmensa fortuna: los famosos zafiros Quagmire, unas joyas muy peculiares y valiosas. No obstante, a diferencia de los Baudelaire, los Quagmire no habían sido capaces de escapar de las garras del Conde Olaf. Justo en el momento en que los trillizos habían descubierto un secreto horrible sobre Olaf, él los había secuestrado y, desde entonces, los Baudelaire estaban tan preocupados que apenas podían dormir. En cuanto cerraban los ojos solo veían el largo y negro coche en el que se los habían llevado, y solo escuchaban el sonido de sus amigos gritando una parte del horrible secreto que habían descubierto. «¡V.B.F.!», había gritado Duncan, justo antes de que el coche saliera pitando, y los Baudelaire daban vueltas en la cama pensando en sus amigos y se preguntaban qué diantre significaría V.B.F.

–Tampoco os tenéis que preocupar por los Quagmire –dijo el señor Poe con seguridad–. Al menos, no durante mucho tiempo más. No sé si habéis leído el boletín informativo de la Administración de Cuenta de Monedas, pero tengo muy buenas noticias sobre vuestros amigos.

–¿*Gavu?* –preguntó Sunny. Sunny era la pequeña de los huérfanos Baudelaire y también la

más bajita. Era apenas más grande que un sal-
chichón. Ese tamaño no era frecuente para su
edad, pero tenía cuatro dientes que eran más largos y afilados que los de todos los bebés. Pese a
la madurez de su boca, Sunny acostumbraba a hablar de una forma que mucha gente encontraría
difícil de entender. *Gavu*, por ejemplo, quería decir algo parecido a «¿Han encontrado y rescatado
a los Quagmire?», y Violet se apresuró a tradu-
cirlo para que el señor Poe lo entendiera.

–Mejor aún –contestó el señor Poe–. Me han
ascendido. Ahora soy el vicepresidente en funciones de Asuntos de Huérfanos. Eso quiere decir que soy el responsable no solo de vuestra situación, sino también de la de los Quagmire. Os
prometo que concentraré una buena parte de mi
energía en encontrar a los Quagmire y rescatarlos sanos y salvos, o no me llamo... –en ese momento, el señor Poe interrumpió su discurso para
toser una vez más con el pañuelo en la boca y los
Baudelaire esperaron pacientemente hasta que
hubo dejado de toser–... Poe. Bien, en cuanto os

deje aquí emprenderé un viaje en helicóptero de tres semanas al pico de una montaña donde han sido localizados los Quagmire. Será muy difícil que me encontréis allá, ya que en el helicóptero no hay teléfono, pero os llamaré en cuanto vuelva con vuestros amigos. Bien, ¿veis el número de estos edificios? Me cuesta saber si ya hemos llegado.

—Creo que pone 667 —dijo Klaus, bizqueando debido a la tenue luz verdosa.

—Entonces sí, hemos llegado —dijo el señor Poe—. El señor y la señora Miseria viven en el ático de la avenida Oscura número 667. Creo que la puerta está aquí.

—No, está por aquí —dijo una voz áspera que salió de la oscuridad. Los Baudelaire se sobresaltaron un poco y se volvieron, y vieron a un hombre que llevaba un sombrero de ala ancha y un abrigo que le quedaba demasiado grande. Las mangas del abrigo le caían sobre las manos y las cubrían por completo, y el ala del sombrero le tapaba casi toda la cara. Era tan difícil verlo que no era de extrañar que los niños no se hubieran dado cuenta de su presencia antes.

—A la mayoría de nuestros visitantes les resulta difícil localizar la puerta —dijo el hombre—. Por eso contrataron un portero.

—Bueno, me alegro de que lo hicieran —dijo el señor Poe—. Me llamo Poe y tengo una cita con el señor y la señora Miseria para hacerles entrega de sus nuevos hijos.

—Ah, sí —dijo el portero—. Me dijeron que vendrían. Adelante.

El portero abrió la puerta del edificio y los acompañó al interior hasta una habitación que estaba tan oscura como la calle. En lugar de luces había un par de velas colocadas en el suelo, y los niños eran prácticamente incapaces de discernir si estaban en una habitación grande o pequeña.

—Vaya, esto sí que está oscuro —dijo el señor Poe—. ¿Por qué no pide a sus señores que traigan una lámpara alógena bien potente?

—No podemos —replicó el portero—. Ahora mismo, la oscuridad es algo que se lleva, algo *in*.

—¿Cómo que *in*? —preguntó Violet.

—Que se lleva —explicó el portero—. Por aquí la gente ha decidido que cuando algo es *in*, quiere decir que se lleva, que tiene estilo y es interesante, y cuando no se lleva, quiere decir que no está de moda. Y siempre está cambiando. Bueno, hace solo un par de semanas la oscuridad no se llevaba y la luz sí, y tendrían que haber visto el barrio. Había que llevar gafas de sol todo el día para que no escocieran los ojos.

—¿Conque la oscuridad se lleva? —preguntó el señor Poe—. Tendré que contárselo a mi mujer. ¿Podría indicarnos dónde se encuentra el ascensor? El señor y la señora Miseria viven en el ático y no quiero subir a pie hasta la última planta.

—Bueno, me parece que tendrá que hacerlo —dijo el portero—. Hay un par de puertas de ascensor justo por allí, pero no les servirán de nada.

—¿El ascensor está averiado? —preguntó Violet—. Se me dan muy bien los aparatos mecánicos y me encantaría echarle un vistazo.

–Es una oferta muy amable y muy poco frecuente –dijo el portero–. Pero el ascensor no está
averiado: es que no se lleva. Los vecinos decidie-
ron que los ascensores no se llevaban, así que ce-
rraron el ascensor. Sin embargo, la escalera sí se
lleva, así que todavía hay una forma de llegar al
ático. Les indicaré el camino.

El portero los acompañó a través del vestíbulo
y los huérfanos Baudelaire vieron una larga escalera de caracol de madera, con un pasamanos de
metal que giraba con ella. Cada pocos pasos se
veían algunas velas que alguien había colocado
en el suelo, así que la escalera parecía un montón
de curvas con luces parpadeantes, que se hacían
cada vez más tenues a medida que la escalera subía y subía, hasta que no se veía nada de nada.

–Jamás he visto nada igual –dijo Klaus.

–Parece una cueva más que una escalera –dijo
Violet.

–¡*Pinse!* –dijo Sunny, que significaba algo así
como: «¡O el espacio exterior!».

–A mí me parece un largo paseo –dijo el señor

Poe, frunciendo el entrecejo. Se volvió hacia el portero—. ¿Cuántos pisos hay?

Los hombros del portero se alzaron bajo el enorme abrigo.

—No lo recuerdo —dijo—. Creo que son cuarenta y ocho, aunque podrían ser ochenta y cuatro.

—No sabía que hubiera edificios tan altos —dijo Klaus.

—Bueno, ya sean cuarenta y ocho u ochenta y cuatro —dijo el señor Poe—, no tengo tiempo de acompañaros hasta arriba. Perderé el helicóptero. Tendréis que subir solos y decirles al señor y a la señora Miseria que les envío saludos.

—¿Tenemos que subir solos? —preguntó Violet.

—Alegraos de no tener que cargar con vuestras cosas —dijo el señor Poe—. La señora Miseria dijo que no teníais por qué traer vuestra ropa vieja y creo que es porque quería ahorraros el esfuerzo de subir maletas por esta escalera.

—¿No va a acompañarnos? —preguntó Klaus.

—No. No tengo tiempo de acompañaros —respondió el señor Poe—, así son las cosas.

Los Baudelaire se miraron entre sí. Los niños sabían, como estoy seguro de que vosotros sabréis, que normalmente no hay motivo alguno por el que temer a la oscuridad, pero aunque no le tengáis mucho miedo, puede que no queráis veros en una situación así, y los huérfanos estaban un tanto nerviosos por tener que recorrer todo ese camino hasta el ático sin un adulto que los acompañase.

—Si os asusta la oscuridad —dijo el señor Poe—, supongo que podría retrasar la búsqueda de los Quagmire y acompañaros hasta el piso de vuestros nuevos tutores.

—No, no —dijo Klaus con rapidez—. No nos asusta la oscuridad y encontrar a los Quagmire es mucho más importante.

—*Obog* —dijo Sunny con voz titubeante.

—Intenta gatear todo lo que puedas —le dijo Violet a su hermana—, y luego Klaus y yo nos turnaremos para llevarte en brazos. Adiós, señor Poe.

—Adiós, niños —dijo el señor Poe—. Si hay algún problema, recordad que siempre podéis contactar con alguno de mis socios de la Administración de Cuenta de Monedas o conmigo, en cuanto baje del helicóptero.

—Esta escalera tiene algo bueno —bromeó el portero, mientras acompañaba al señor Poe a la entrada—. A partir de aquí todo es ascensión.

Los huérfanos Baudelaire escucharon las risitas del portero mientras desaparecía en la oscuridad y subieron los primeros peldaños. Estoy seguro de que sabéis que la expresión «ascensión» no tiene nada que ver con subir una escalera; simplemente significa que las cosas van a ir mejor. Los niños habían entendido la broma, pero estaban demasiado ansiosos para reír. Estaban ansiosos por el Conde Olaf, que podía encontrarlos en cualquier momento. Estaban ansiosos por los trillizos Quagmire, a quienes a lo mejor no volverían a ver nunca. Y, en ese momento, mientras empezaban a subir por la escalera en espiral iluminada con velas, estaban ansiosos al pensar en sus nuevos tutores. Intentaron imaginar qué clase de gente viviría en una calle tan oscura, en un edificio tan oscuro y al final de una oscura escalera de cuarenta y ocho u ochenta y cuatro plantas. Les costaba creer que las cosas fueran a ir mejor en el futuro, viviendo en un sitio tan triste y mal iluminado. Aunque les esperaba una larga cuesta abajo más adelante, cuando los huérfanos Baudelaire empezaban a adentrarse en la oscuridad, estaban demasiado ansiosos para creer que a partir de ahí todo sería más fácil.

Dos

Para que os hagáis una idea más exacta de cómo se sentían los huérfanos Baudelaire cuando iniciaban el extenuante recorrido escalera arriba hasta el ático del señor y la señora Miseria, puede que os resulte útil cerrar los ojos para leer este capítulo, porque la luz que arrojaban las pequeñas velas del suelo era tan tenue que parecía que mantuvieran los ojos cerrados pese al empeño que ponían en ver. En cada curva de la escalera había una puerta de entrada a un piso y un par de puertas correderas de ascensor. Detrás de las puertas correderas, los jóvenes, por supuesto, no oían nada, ya que el ascensor estaba cerrado, pero detrás de las puertas de los pisos se oían los ruidos que hacía la gente que vivía en el edificio. Cuando llegaron a la séptima planta, oyeron a dos hombres reír después de que alguien contara un chiste. Cuando llegaron a la duodécima planta, oyeron el chapoteo del agua, como si alguien estuviera tomando un baño. Cuando llegaron a la decimonovena planta, oyeron a una mujer decir: «¡Dejadme comer pastel!», con un acento extraño.

—Me pregunto qué se oirá en el rellano del ático —dijo Violet—, cuando vivamos allí.

—Espero que me oigan a mí volviendo páginas —dijo Klaus—. A lo mejor el señor y la señora Miseria tienen libros interesantes para leer.

—O, a lo mejor, la gente oirá el ruido de una llave inglesa —dijo Violet—. Espero que los Miseria tengan herramientas y me las dejen usar para hacer mis inventos.

—*¡Crife!* —exclamó Sunny, mientras pasaba gateando con cuidado junto a una de las velas del suelo.

Violet bajó la vista para mirar a su hermana y rió.

—No creo que eso vaya a ser un problema, Sunny —dijo—. Siempre encuentras algo que roer. No te olvides de decírnoslo cuando quieras que te cojamos en brazos.

—Ojalá alguien me llevase a mí en brazos —dijo Klaus, cogiéndose del pasamanos para apoyarse—. Empiezo a estar cansado.

—Yo también —admitió Violet—. Esta escalera no debería cansarnos después de todas las vueltas que nos hizo dar el Conde Olaf cuando se disfrazó de profesor de gimnasia, pero no es así. Pero ¿en qué planta estamos?

—No lo sé —dijo Klaus—. Las puertas no están numeradas y he perdido la cuenta.

—Bueno, no se nos pasará el ático —dijo Violet—. Está en la última planta, así que seguiremos subiendo hasta que se acabe la escalera.

—Me gustaría que inventases un aparato que pudiera subirnos por la escalera —dijo Klaus.

Violet sonrió, aunque sus hermanos no pudieron verla en la oscuridad.

—Ese aparato fue inventado hace mucho tiempo —respondió—. Se llama ascensor. Pero los ascensores no se llevan, ¿recuerdas?

Klaus también sonrió.

—Y los pies cansados sí se llevan —dijo.

—¿Recordáis aquella vez —preguntó Violet— en que nuestros padres fueron a la Decimosexta Carrera Anual y tenían los pies tan cansados que, cuando llegaron a casa, papá preparó la cena sentado en el suelo de la cocina, en lugar de hacerlo de pie?

—Claro que me acuerdo —dijo Klaus—. Solo comimos ensalada, porque no se podían levantar para encender el horno.

—Habría sido una comida perfecta para la tía Josephine —dijo Violet, recordando a una de las anteriores tutoras de los Baudelaire—. Nunca quería usar el horno porque pensaba que podría explotar.

—*Pomres* —dijo Sunny con tristeza. Quería decir algo parecido a «Al final, el horno fue el menor de los problemas de la tía Josephine».

—Es cierto —asintió Violet con calma, mientras los niños empezaban a oír a alguien estornudar desde detrás de una puerta.

—Me pregunto cómo serán los Miseria —dijo Klaus.

—Para vivir en la avenida Oscura tienen que ser ricos —apuntó Violet.

—*Akrofil* —añadió Sunny, lo que significaba «Y seguro que no los asustan las alturas».

Klaus sonrió y bajó la vista para mirar a su hermana.

—Pareces cansada, Sunny —comentó—. Violet y yo podemos turnarnos para llevarte en brazos. Nos alternaremos cada tres plantas.

Violet hizo un gesto de asentimiento para expresar que estaba de acuerdo con el plan de Klaus y dijo «Sí» en voz alta porque se dio cuenta de que su gesto de asentimiento pasaba desapercibido en la oscuridad. Continuaron subiendo por la escalera, y siento decir que los Baudelaire mayores tuvieron que turnarse muchas, muchísimas veces, para llevar a su hermana. Si los Baudelaire subieran por una escalera de longitud normal, escribiría la frase «Y subieron y subieron», pero una frase más adecuada sería «Y subieron y subieron y no dejaron de subir», y tardaría o cuarenta y ocho u ochenta y cuatro páginas en llegar al «llegaron», porque la escalera era increíblemente larga. De vez en cuando pasaban junto a una figura sombría de alguien que bajaba, pero los niños estaban demasiado cansados para decir siquiera «Buenas tardes» —y después «Buenas noches»— a esos residentes de la avenida Oscura número 667. Los Baudelaire estaban hambrientos. Estaban doloridos. Y se cansaban cada vez más al ver velas, escalones y puertas idénticas.

Justo cuando ya no podían aguantar más, llegaron a otra vela y a otro escalón y a otra puerta, y, después de unos cinco escalones más, por fin se acabó la escalera y los cansados niños llegaron a una pequeña habitación con una última vela en medio de una alfombra. Gracias a la luz de la vela los Baudelaire vieron la puerta de su nueva casa, y también las puertas correderas de dos ascensores con sus botones de flechas a cada lado.

—Imaginaos —dijo Violet, jadeando tras la larga subida por la escalera— si los ascensores se llevasen, habríamos llegado al ático de los Miseria en unos minutos.

—Bueno, a lo mejor vuelven a llevarse pronto —dijo Klaus—. Eso espero. La otra puerta debe de ser el piso de los Miseria. Vamos a llamar.

Llamaron a la puerta, que casi al momento se abrió de golpe y tras ella apareció un hombre alto que llevaba un traje de largas y estrechas rayas. Esos trajes se llaman trajes de raya diplomática, y por lo general los llevan las estrellas de cine o los gángsteres.

—He creído oír que alguien se acercaba a la puerta —dijo el hombre, dedicando a los niños una sonrisa tan amplia que incluso se distinguía en la sombría habitación—. Entrad, por favor. Me llamo Jerome Miseria y me alegro de que hayáis venido a vivir con nosotros.

—Encantado de conocerle, señor Miseria —dijo Violet, que todavía jadeaba, y sus hermanos y ella entraron a un recibidor casi tan sombrío como la escalera—. Me llamo Violet Baudelaire y este es mi hermano Klaus, y mi hermana, Sunny.

—¡Cielos, pero si estás sin aliento! —dijo el señor Miseria—. Por suerte, se me ocurren dos cosas que hacer para solucionarlo. Una es que dejes de llamarme señor Miseria y empieces a llamarme Jerome. Yo también os llamaré a los tres por vuestros nombres de pila y así ahorraremos aliento. Lo segundo que se me ocurre es prepararte un rico y frío martini. Pasad por aquí.

—¿Un martini? —preguntó Klaus—. ¿Eso no es una bebida alcohólica?

—Por lo general sí lo es —admitió Jerome—. Pero en este momento los martinis con alcohol no se llevan. Los martinis acuosos sí se llevan. Un martini acuoso es simplemente agua fría servida en una copa elegante y con una aceituna dentro, así que está totalmente permitido tanto para niños como para adultos.

—Nunca he bebido un martini acuoso —dijo Violet—, pero lo probaré.

—¡Ah! —exclamó Jerome—. ¡Te gusta la aventura! Me gustan las personas así. Tu madre también era una aventurera. Ya sabes, hace tiempo éramos muy buenos amigos. Escalamos el monte Tensión con unos amigos... ¡Cielo santo! ¡Deben de haber pasado veinte años! El monte Tensión era conocido por ser el hábitat de animales peligrosos, pero tu madre no tenía miedo. De repente, descendió volando desde el cielo...

—Jerome, ¿quién ha llamado a la puerta? —preguntó una voz desde la habitación contigua, y entró una mujer alta y delgada, también vestida con un traje de raya diplomática. Tenía las uñas largas y las llevaba tan esmaltadas que brillaban incluso bajo la tenue luz.

—Los niños Baudelaire, por supuesto —contestó Jerome.

—¡Pero si no llegaban hoy! —gritó la mujer.

—Claro que sí —rectificó Jerome—. ¡Llevo días deseando que llegase este momento! Ya lo sabes

—dijo, y dejó de mirar a la mujer para dirigirse a los Baudelaire—. Quise adoptaros desde el momento en que me enteré del incendio. Pero, por desgracia, fue imposible.

—En ese momento, los huérfanos no se llevaban —explicó la mujer—. Ahora sí se llevan.

—Mi mujer siempre está muy atenta a lo que se lleva y a lo que no se lleva —aclaró Jerome—. A mí no me importa mucho, pero Esmé opina de otra forma. Fue ella quien insistió en que quitasen el ascensor. Esmé, estaba a punto de prepararles unos martinis acuosos. ¿Te apetece uno?

—¡Oh, sí! —exclamó Esmé—. ¡Los martinis acuosos son lo que se lleva! —Se acercó rápidamente a los niños y los miró—. Me llamó Esmé Gigi Geniveve Miseria, la sexta asesora financiera más importante de la ciudad —anunció con grandilocuencia—. Aunque soy increíblemente rica, podéis llamarme Esmé. Ya me aprenderé vuestros nombres luego. Me alegro de que hayáis venido, porque los huérfanos se llevan, y cuando mis amigos se enteren de que tengo tres huérfanos vivitos y coleando, se pondrán enfermos de envidia, ¿no crees, Jerome?

—Espero que no —respondió Jerome mientras acompañaba a los niños por un largo y sombrío recibidor hasta una enorme y sombría habitación que tenía varios sillones, sillas y mesas elegantes. Al fondo de la habitación había una serie de ventanas, todas con las persianas echadas para que la luz no pudiera entrar—. No me gusta que la gente se ponga enferma. Bueno, tomad asiento, niños, y os contaremos algo sobre vuestra nueva casa.

Los Baudelaire se sentaron en tres grandes sillas, agradecidos por la oportunidad de poner los pies en reposo. Jerome se acercó a una de las mesas, donde había una jarra de agua junto a un cuenco con aceitunas y unas copas elegantes, y a toda prisa preparó los martinis acuosos.

—Aquí tenéis —dijo, pasándole a Esmé y a los niños una copa elegante a cada uno—. Veamos, si alguna vez os perdéis, recordad que vuestra nueva dirección es: «Avenida Oscura, número 667, ático».

—No les digas esas tonterías —replicó Esmé, agitando su mano de largas uñas delante de la cara como si la estuviera atacando una polilla—. Niños, estas son algunas de las cosas que deberíais saber. La oscuridad se lleva, la luz no se lleva. Las escaleras se llevan, los ascensores no se llevan. Los trajes de raya diplomática se llevan, esa horrible ropa que lleváis no se lleva.

—Lo que quiere decir Esmé —añadió Jerome con rapidez— es que queremos que os sintáis lo más cómodos posible.

Violet bebió un sorbo del martini acuoso. No le sorprendió descubrir que sabía a agua normal y corriente, con un toque de aceituna. No le gustó mucho, pero sació su sed después de la larga ascensión por la escalera.

—Muy amable por su parte —respondió.

—El señor Poe me ha hablado de algunos de vuestros anteriores tutores —comentó Jerome, sacudiendo la cabeza—. Me sabe fatal que hayáis tenido unas experiencias tan espantosas; nosotros podríamos haber cuidado de vosotros desde el principio.

–Era inevitable –dijo Esmé–. Cuando algo no se lleva, no se lleva, y los huérfanos no suelen llevarse.

–También me lo han contado todo sobre ese tal Conde Olaf –añadió Jerome–. Le he dicho al portero que no deje entrar a nadie en el edificio que se parezca aunque solo sea un poco a ese hombre despreciable, para que podáis estar a salvo.

–Eso es un alivio –dijo Klaus.

–De todas formas, se supone que ese horrible hombre está en lo alto de una montaña –comentó Esmé–. ¿Recuerdas, Jerome? Ese banquero con poca clase dijo que se iba en helicóptero a buscar a esos gemelos que habían raptado.

–En realidad –corrigió Violet–, fueron trillizos. Los Quagmire son buenos amigos nuestros.

–¡Cielo santo! –exclamó Jerome–. ¡Debéis de estar muy preocupados!

–Bueno, si los encuentran pronto –dijo Esmé–, tal vez podríamos adoptarlos también. ¡Cinco huérfanos! ¡Sería la persona más de moda de toda la ciudad!

–Sin duda tenemos sitio para ellos –afirmó Jerome–. Este piso tiene setenta y una habitaciones, niños, así que tendréis que elegir vuestros cuartos. Klaus, Poe me comentó algo sobre que te gustaba inventar cosas, ¿es eso cierto?

–Mi hermana es la inventora –respondió Klaus–, a mí me gusta más bien la investigación.

–Pues bien –dijo Jerome–. Puedes quedarte con la habitación que está junto a la biblioteca, y Violet puede quedarse la que tiene un largo banco de madera, es perfecto para guardar las herramientas. La de Sunny puede ser la habitación que está entre las vuestras. ¿Qué os parece?

Les parecía absolutamente espléndido, por supuesto, pero los Baudelaire no tuvieron oportunidad de decirlo, porque sonó un teléfono justo en ese instante.

–¡Yo lo cojo! ¡Yo lo cojo! –gritó Esmé, y cruzó corriendo la habitación para coger el teléfono–. Residencia de los Miseria –contestó, hablando por el receptor, y entonces esperó a que la persona contestase al otro lado de la línea–. Sí, soy la señora Miseria. Sí. Sí. ¿Sí? Oh, gracias, gracias, ¡gracias! –Colgó el teléfono y se volvió hacia los niños–. ¿Sabéis qué? –preguntó–. ¡Tengo una noticia fantástica relacionada con lo que estábamos hablando!

–¿Han encontrado a los Quagmire? –preguntó Klaus, esperanzado.

–¿A quién? –preguntó Esmé–. ¡Ah! Ellos. No, no los han encontrado. No seas estúpido. Jerome, niños, escuchadme: la oscuridad ya no se lleva. La luz natural sí se lleva.

–Bueno, no estoy seguro de si yo llamaría a eso una noticia fantástica –opinó Jerome–, pero será un alivio tener un poco de luz por aquí. Venga, niños, ayudadme a subir las persianas y podréis echar un vistazo a la panorámica. Hay buenas vistas desde esta altura.

–Yo iré a encender las lámparas del ático –dijo Esmé sin aliento–. Deprisa, antes de que alguien vea que este piso sigue a oscuras.

Esmé salió pitando de la habitación, mientras Jerome se encogía de hombros mirando a los tres hermanos y cruzaba la habitación en dirección a las ventanas. Los Baudelaire le siguieron y le ayudaron a subir las pesadas persianas que cubrían las ventanas. Al instante la luz del sol inundó la habitación, lo cual les hizo entrecerrar los ojos mientras su vista se adaptaba a la luz normal. Si los Baudelaire hubieran echado un vistazo a la habitación, ahora que estaba bien iluminada, habrían visto lo elegante que era el mobiliario. Sobre los sofás había cojines bordados con hilo plateado. Las sillas estaban pintadas de color dorado. Y las mesas estaban hechas de una de las maderas más caras del mundo. Sin embargo, los huérfanos Baudelaire no echaron un vistazo a la habitación, pese a lo lujosa que era; prefirieron mirar por la ventana la ciudad que se extendía a sus pies.

—Una vista espectacular, ¿no creéis? —preguntó Jerome, y ellos hicieron un gesto de asentimiento. Era una ciudad miniatura, con cajas de cerillas en lugar de edificios y puntos de libros en lugar de calles. Veían pequeñas formas de colores que parecían insectos, pero en realidad eran coches y autobuses que se movían a lo largo de los puntos de libro hasta que llegaban a las cajas de cerillas donde vivían y trabajaban los puntitos, que eran las personas. Los Baudelaire vieron el barrio donde habían vivido con sus padres y las partes de la ciudad donde vivían sus amigos, y en una borrosa línea azul, muy, pero que muy alejada, la playa donde habían recibido la terrible noticia con la que comenzaron todas sus desdichas.

—Sabía que os gustaría —dijo Jerome—. Vivir en un ático es muy caro, pero creo que merece la pena tener una vista como esta. Mirad, esas pequeñas cajitas redondas de por allí son fábricas de zumo de naranja. Esa especie de edificio de color lila que está junto al parque es mi restaurante favorito. Oh, y mirad justo abajo; ya están podando esos árboles que oscurecían tanto nuestra calle.

—Por supuesto que los están podando —dijo Esmé, que entró de nuevo en la habitación corriendo y soplando el par de velas de la repisa de la chimenea–. La luz solar se lleva, tanto como los martinis acuosos, las rayas diplomáticas y los huérfanos.

Violet, Klaus y Sunny miraron hacia abajo y vieron que Jerome tenía razón. Esos extraños árboles que bloqueaban el paso de la luz solar en la avenida Oscura, que parecían del tamaño de un clip desde una altura tan elevada, eran podados por puntitos jardineros. Aunque los árboles hicieran que la calle tuviera un aspecto tan sombrío, era una pena que les cortasen las ramas y dejasen los tocones desnudos, porque desde la ventana del ático parecían chinchetas. Los tres hermanos se miraron entre sí y a continuación volvieron a mirar hacia abajo, a la avenida Oscura. Esos árboles ya no se llevaban, así que los jardineros se estaban deshaciendo de ellos. Los Baudelaire no querían ni pensar qué ocurriría cuando también los huérfanos dejaran de llevarse.

Tres

Si cogierais una bolsa de plástico y la subierais y
la bajarais, podríais usar la expresión «altibajos
en la bolsa» para describir el movimiento de lo
que tenéis delante, pero no utilizaríais la palabra
«altibajos» en el mismo sentido que yo la utili-
zaré ahora. Aunque «altibajos» algunas veces se
utilice para referirse al movimiento de una bolsa
de plástico que sube y baja, con mayor frecuencia se utiliza para describir una situación
que tiene tanto partes bue-
nas como partes malas.
Una tarde en el cine, por
ejemplo, podría ser una
tarde llena de altibajos

si proyectasen vuestra película favorita pero tuvieseis que comer gravilla en lugar de palomitas. Una visita al zoológico podría ser una jornada de muchos altibajos si el tiempo fuera estupendo pero todos los leones zampahombres y zampamujeres anduvieran sueltos. En el caso de los huérfanos Baudelaire, en sus primeros días con los Miseria se produjeron más altibajos de los que habían vivido jamás, porque las partes buenas eran muy buenas, pero las malas eran simplemente horrorosas.

Una de las partes buenas era que los Baudelaire vivían otra vez en la ciudad donde habían nacido y se habían educado. Tras la muerte de sus padres y después de la desastrosa estancia con el Conde Olaf, los tres niños habían sido enviados a vivir a distintos sitios remotos, y echaban muchísimo de menos el entorno familiar de su ciudad natal. Todas las mañanas, cuando Esmé salía a trabajar, Jerome llevaba a los niños a algunos de sus sitios favoritos de la ciudad. Violet se sintió feliz al ver que sus exposiciones preferidas en el

Museo de los Inventos de Julio Verne no habían cambiado, así que pudo echar un nuevo vistazo a las demostraciones mecánicas que la habían inspirado para convertirse en inventora cuando solo tenía dos años. Klaus se sintió encantado al volver a visitar la Librería Ajmatova, donde su padre solía llevarlo en ocasiones especiales, para comprar un atlas o un volumen de la enciclopedia. Sunny quiso visitar el Hospital Pincus, donde había nacido, aunque sus recuerdos de ese lugar eran un tanto borrosos.

Sin embargo, por las tardes, los tres niños regresaban al número 667 de la avenida Oscura y era esa parte de la situación de los Baudelaire la que no era ni por asomo agradable. Para empezar, el ático era demasiado grande. Además de las setenta y una habitaciones, había una serie de salas de estar, comedores, salas de desayuno, salas de aperitivo, recibidores, despachos, salas de baile, cuartos de baño, cocinas y una variedad de habitaciones que aparentemente no servían para nada. El ático era tan enorme que los huérfanos Baudelaire solían sentirse totalmente perdidos en su interior. Violet salía de su habitación para lavarse los dientes y no encontraba el camino de vuelta hasta una hora después. Klaus dejaba por accidente las gafas sobre la encimera de una cocina y perdía toda la tarde intentando dar con la cocina correcta. Y Sunny encontraba un lugar muy cómodo para sentarse a roer cosas y era incapaz de encontrarlo al día siguiente. Solía ser difícil pasar un tiempo con Jerome, simplemente porque era complicado encontrarlo entre tanta habitación elegante de su nueva casa, y los Baudelaire apenas veían a Esmé. Sabían que salía a trabajar a diario y que volvía por las tardes, pero incluso en los momentos en que estaba en el piso con ellos, los tres niños apenas veían a la sexta asesora financiera más importante de la ciudad. Era como si ella se hubiera olvidado por completo de los nuevos miembros de su familia, o simplemente estaba más interesada en holgazanear en las habitaciones del piso que en pasar un tiempo con los tres hermanos. Sin embargo, a los huérfanos Baudelaire no les importaba que Esmé estuviera fuera tan a menudo. Preferían con mucho pasar el tiempo juntos y a solas, o con Jerome, más que participar en interminables conversaciones sobre lo que se llevaba y lo que no se llevaba.

Pese a todo, cuando los Baudelaire se quedaban en sus habitaciones, no lo pasaban tan bien. Tal como les había prometido, Jerome le había asignado a Violet la habitación con un largo banco de madera, que en realidad era perfecto para guardar las herramientas, pero Violet no encontró herramientas en todo el ático. Le pareció raro que en un piso tan enorme no hubiera ni siquiera una llave de tubo o un mísero par de alicates, aunque Esmé le explicó con altivez, cuando Violet le preguntó una tarde, que las herramientas no se llevaban. Klaus tenía la biblioteca de los Miseria junto a su habitación. Se trataba de un espacio grande y acogedor con cientos de libros en las estanterías. Sin embargo, el mediano de los Baudelaire se sintió decepcionado al descubrir que todos los libros eran meras descripciones de lo que se había llevado y de lo que no se había llevado a lo largo de la historia. Klaus intentó interesarse por los libros de ese tipo, pero era tan aburrido leer un libro tan presuntuoso como *Las botas se llevaban en 1812* o *Las truchas en Francia no se llevan* que Klaus pasaba muy poco tiempo en la biblioteca. La pobre Sunny no salió mejor parada, una expresión que aquí significa «también se aburría en su habitación». Jerome había colocado juguetes en su cuarto, pero eran juguetes diseñados para bebés con dientes de leche: blandos animales de peluche, pelotas esponjosas y una serie de cojines de colores, todos ellos objetos que no eran nada divertidos de roer.

Sin embargo, lo que realmente provocaba altibajos en la situación de los Baudelaire no era la inquietante enormidad del piso de los Miseria, ni las desilusiones de un banco de herramientas sin herramientas, una biblioteca sin libros interesantes o la inexistencia de cosas que roer para divertirse. Lo que en realidad inquietaba a los tres niños era el pensamiento de que los trillizos Quagmire estaban sin duda viviendo experiencias mucho, muchísimo peores. Cada nuevo día, la preocupación por sus amigos era como una pesada carga sobre los hombros de los Baudelaire, y la carga parecía cada día más pesada, porque los Miseria se negaban a ayudarlos.

—Estoy muy, pero que muy harta de hablar de vuestros amiguitos gemelos —protestó un día Esmé, mientras los Baudelaire y los Miseria tomaban unos martinis acuosos una tarde en una de las salas de estar que los niños jamás habían visto—. Sé que estáis preocupados por ellos, pero resulta aburrido seguir parloteando sobre eso.

—No queríamos aburrirla —se disculpó Violet, sin añadir que es de muy mala educación decirle a la gente que sus problemas son aburridos.

—Por supuesto que no —dijo Jerome, cogiendo la aceituna de su elegante copa y metiéndosela en la boca antes de dirigirse a su mujer—. Los niños están preocupados, Esmé, lo que es perfectamente comprensible. Sé que el señor Poe está haciendo todo lo que está en su mano, aunque nosotros podríamos intentar discurrir algo entre todos.

–No tengo tiempo para ponerme a discurrir con nadie –replicó Esmé–. La Subasta In será pronto y tengo que dedicar toda mi energía a garantizar que será un éxito.

–¿La Subasta In? –preguntó Klaus.

–Una subasta –explicó Jerome– es una especie de venta. Todo el mundo se reúne en una gran habitación y un subastador muestra un puñado de cosas que están a la venta. Si ves algo que te gusta, dices en voz alta lo que estarías dispuesto a pagar por ello. Eso se llama *puja*. Luego otra persona podría hacer otra puja y luego otra persona, y el que grite el precio más alto gana la subasta y compra el objeto en cuestión. Es terriblemente emocionante. ¡A vuestra madre le encantaba! Recuerdo una vez...

–Te has olvidado de la parte más importante –lo interrumpió Esmé–. Se llama la Subasta In porque solo venderemos cosas que se lleven. Siempre la organizo yo y es uno de los acontecimientos más rompedores del año.

—¿*Rompe?* —preguntó Sunny.

—En este caso —le explicó Klaus a su hermana pequeña— la palabra «rompedor» no quiere decir que las cosas se rompan. Solo quiere decir «sorprendente».

—Sí que es sorprendente —confirmó Esmé mientras se terminaba su martini acuoso—. La celebramos en el Salón Veblen, y solo sacamos a subasta las cosas que más se llevan, y lo mejor de todo es que el dinero recogido se dedica a una buena causa.

—¿Qué buena causa? —preguntó Violet.

Esmé aplaudió con sus manos de largas uñas llena de júbilo.

—¡Yo! Todo el dinero que la gente paga en la subasta va directo a mi bolsillo. ¿Verdad que es rompedor?

—En realidad, querida —dijo Jerome—, yo creo que este año deberíamos dedicar el dinero a otra causa. Por ejemplo, acabo de leer algo sobre una familia de siete miembros. La madre y el padre se han quedado sin trabajo, y ahora son tan pobres que ni siquiera pueden permitirse vivir en un piso de una sola habitación. Podríamos enviarles una parte del dinero de la subasta a personas como ellos.

—No digas tonterías —dijo Esmé, molesta—. Si le diera dinero a la gente pobre, dejarían de ser pobres. Además, este año vamos a reunir montones de dinero. He almorzado con doce millonarios esta mañana y once de ellos han dicho que sin duda asistirían a la Subasta In. El duodécimo tiene que ir a una fiesta de cumpleaños. ¡Piensa en todo el dinero que ganaré, Jerome! ¡A lo mejor podemos mudarnos a un piso más grande!

—Pero si nos mudamos a este hace apenas un par de semanas —protestó Jerome—. Preferiría gastarme el dinero en volver a poner el ascensor en marcha. Resulta agotador subir a pie hasta el ático.

—Ya estás diciendo tonterías otra vez —criticó

Esmé–. Cuando no tengo que escuchar el parloteo de mis huérfanos sobre sus amigos secuestrados, tengo que escucharte a ti hablar de cosas que no se llevan, como los ascensores. Bueno, de todos modos no hay tiempo para estar de cháchara. Gunther se va a pasar por aquí esta noche, y, Jerome, quiero que te lleves a los niños a cenar fuera.

–¿Quién es Gunther? –preguntó Jerome.

–Gunther es el subastador, por supuesto –contestó Esmé–. Dicen que es el subastador más de moda de la ciudad, y va a ayudarme a organizar esta subasta. Se va a pasar esta noche para hablar sobre el catálogo de la subasta y no queremos que nos molesten. Por eso quiero que os vayáis a cenar fuera y nos dejéis un poco de intimidad.

–Pero esta noche iba a enseñarles a los niños a jugar al ajedrez –dijo Jerome.

–No, no y no –replicó Esmé–. Vais a salir a cenar. Está todo arreglado. He hecho una reserva en el Café Salmonela para las siete en punto.

Ahora son las seis, así que será mejor que os vayáis. Necesitáis mucho tiempo para bajar la escalera. Pero antes de iros, niños, tengo un regalo para cada uno.

Al escuchar eso, los Baudelaire se quedaron desconcertados, una expresión que aquí significa «sorprendidos de que alguien tan egoísta les hubiera comprado regalos», pero, efectivamente, Esmé se puso detrás del sillón rojo oscuro en el que estaba sentada y sacó tres bolsas con las palabras «Boutique In» impresas en ellas con una tipografía elegante y llena de florituras. Con un refinado gesto, Esmé les entregó una bolsa a cada uno de los hermanos Baudelaire.

—Se me ha ocurrido que si os compraba algo que os gustase de verdad, os dejaríais de tanto parloteo sobre los Quagmire.

—Lo que Esmé ha querido decir —añadió Jerome con rapidez— es que queremos que seáis felices aquí, en nuestro hogar, aunque estéis preocupados por vuestros amigos.

—No quería decir eso para nada —rectificó

Esmé–, pero no importa. Abrid las bolsas, niños.

Los Baudelaire abrieron sus regalos, y siento decir que las bolsas también provocaron un altibajo. Hay muchas, muchísimas cosas difíciles en esta vida, pero algo que no es difícil en absoluto es adivinar si a alguien le ha gustado o no un regalo cuando lo abre. Si le gusta, normalmente se ponen signos de exclamación en sus frases para indicar que su tono de voz expresa su alegría. Si dice «¡Oh!», por ejemplo, los signos de exclamación indicarían que esa persona está diciendo «¡Oh!» porque le gusta el regalo, y no simplemente «Oh», que indicaría que el regalo le ha decepcionado.

–Oh –dijo Violet al abrir su regalo.

–Oh –dijo Klaus al abrir el suyo.

–Oh –dijo Sunny mientras rompía su bolsa con los dientes.

–¡Trajes de raya diplomática! ¡Sabía que os gustarían! –exclamó Esmé–. ¡Debéis de haber pasado mucha vergüenza estos días, caminando por la ciudad sin llevar rayas! Las rayas diplomáticas se llevan, y los huérfanos se llevan, ¡imaginad cómo estaréis cuando seáis huérfanos vestidos con rayas diplomáticas! ¡No me extraña que estéis tan emocionados!

—No parecían emocionados al abrir los regalos —dijo Jerome—, y no me extraña. Esmé, pensé que habíamos dicho que le compraríamos a Violet un juego de herramientas. Se muestra muy entusiasmada con la invención y creí que apoyaríamos ese entusiasmo.

—Pero también muestro mucho entusiasmo por los trajes de raya diplomática —dijo Violet, porque sabía que uno debe decir siempre que le encanta un regalo aunque no le guste en absoluto—. Muchas gracias.

—Y se suponía que a Klaus le regalaríamos un buen almanaque —prosiguió Jerome—. Te hablé de su interés en los distintos tipos de calendarios del mundo, y un almanaque es el libro perfecto para aprenderlo todo sobre eso.

—Pero si me interesan muchísimo las rayas diplomáticas —dijo Klaus, que podía mentir como su hermana cuando era necesario–. Agradezco de veras este regalo.

–Y Sunny –continuó Jerome– iba a recibir un gran cubo hecho de bronce. Habría sido bonito y fácil de roer.

–*Ayim* –dijo Sunny. Quiso decir algo así como «Me encanta mi traje. Muchas gracias», aunque no lo dijera sinceramente ni por asomo.

–Sé que hablamos de comprar esas cosas estúpidas –replicó Esmé, ondeando su mano de largas uñas–, pero hace semanas que las herramientas no se llevan, los almanaques no se llevan hace meses, y he recibido una llamada esta tarde que me ha informado de que no se espera que los grandes cubos de bronce se lleven hasta por lo menos dentro de otro año más. Lo que ahora se llevan son las rayas diplomáticas, Jerome, y no me parece bien que intentes enseñarles a los niños que deberían pasar por alto lo que se lleva y lo que no se lleva. ¿No quieres lo mejor para los huérfanos?

–Por supuesto –suspiró Jerome–. No lo había

pensado así, Esmé. Bueno, niños, espero que os gusten vuestros regalos, aunque no coincidan exactamente con vuestros intereses. ¿Por qué no os ponéis los trajes nuevos y los lleváis para la cena?

—¡Oh, sí! —exclamó Esmé—. El Café Salmonela es uno de los restaurantes más de moda. De hecho, creo que no te dejan comer allí si no llevas rayas diplomáticas, así que id a cambiaros. Pero ¡daos prisa! Gunther llegará en cualquier momento.

—Nos daremos prisa —prometió Klaus—, y gracias de nuevo por los regalos.

—No hay de qué —dijo Jerome con una sonrisa, y los niños se la devolvieron, salieron de la sala de estar, atravesaron un largo vestíbulo, cruzaron una cocina, pasaron por otra sala de estar, por cuatro baños y siguieron y siguieron, hasta que al final encontraron el camino a sus habitaciones. Se quedaron juntos durante un rato delante de las puertas de las tres habitaciones, mirando con tristeza las bolsas de la boutique.

—No sé cómo vamos a llevar estas cosas —se lamentó Violet.

—Yo tampoco —admitió Klaus—. Y es todavía peor saber que hemos estado a punto de recibir los regalos que nos gustan.

—*Puictiv* —admitió Sunny con desánimo.

—Escuchadnos —dijo Violet—. Parecemos unos consentidos incurables. Vivimos en un piso enorme. Tenemos una habitación para cada uno. El portero ha prometido vigilar para que no entre el Conde Olaf y por lo menos uno de nuestros nuevos tutores es una persona interesante. Y aun así, aquí estamos, quejándonos.

—Tienes razón —dijo Klaus—. Tendríamos que conformarnos con lo que tenemos. Recibir un regalo asqueroso no es motivo para quejarse, no cuando nuestros amigos están en tan grave peligro. En realidad, tenemos mucha suerte de estar aquí.

—*Chittol* —añadió Sunny, lo que significaba algo así como «Es verdad. Deberíamos dejar de quejarnos e ir a ponernos nuestros trajes nuevos».

Los Baudelaire se quedaron juntos un momento más y asintieron con resolución, una expresión que aquí significa «intentaron dejar de sentirse como unos desagradecidos para ponerse los trajes». Aunque no querían parecer unos niños mimados, aunque sabían que su situación no era en absoluto terrible, y aunque tenían menos de una hora para ponerse los trajes nuevos, encontrar a Jerome y bajar esos cientos de miles de escalones, los tres niños no se movieron. Se quedaron delante de las puertas de sus habitaciones mirando las bolsas de la Boutique In.

—Claro —dijo Klaus al final—, no importa que hayamos tenido suerte, lo que pasa es que estos trajes de raya diplomática son demasiado grandes para nosotros.

Klaus decía la verdad. Era una verdad que podría ayudaros a entender el porqué de que los Baudelaire estuvieran tan desilusionados con lo que había en sus bolsas. Era una verdad que podría ayudaros a entender por qué los Baudelaire se mostraban tan reacios a entrar en sus habita-

ciones para ponerse los trajes de raya diplomática. Era una verdad que se hizo incluso más evi-
dente cuando los Baudelaire por fin entraron en
sus habitaciones y abrieron las bolsas para ponerse el regalo que les había hecho Esmé.

Suele ser difícil saber si una prenda te sentará
bien hasta que te la pruebas, pero los Baudelaire
supieron en cuanto vieron las bolsas de la tienda
que esa ropa los haría parecer enanos. La expresión «los haría parecer enanos» no tiene nada que
ver con los enanos, que son criaturas sosas que salen en los cuentos infantiles y que se pasan el día
silbando y limpiando la casa. «Parecer enano»
simplemente significa que algo parece despro-
porcionado comparado con otra cosa. Un ratón
parecería enano en comparación con un avestruz, que es mucho más grande, y un avestruz
parecería enano en comparación con la ciudad de
París. Y los Baudelaire parecían enanos en comparación con sus trajes de raya diplomática. Cuando Violet se puso los pantalones, las perneras del
traje eran mucho, muchísimo más largas que las

piernas de la niña, y parecía como si en lugar de pies tuviera dos fideos muy largos. Cuando Klaus se puso la chaqueta de su traje, las mangas le quedaron muy, muy por debajo de las manos, y parecía como si los brazos se le hubieran encogido hacia el interior del cuerpo. Y el traje de Sunny la hacía parecer tan enana que parecía que se hubiera echado la colcha de la cama encima en lugar de haberse cambiado de ropa. Cuando los Baudelaire salieron de sus habitaciones y volvieron a encontrarse en el pasillo, parecían tan desproporcionados con aquellos trajes que casi no se reconocieron entre sí.

—Parece que vayas a esquiar —dijo Klaus, señalando los pantalones de su hermana mayor—. Solo que los esquís están hechos de tela en lugar de aleación de titanio.

—Parece como si te hubieras acordado de ponerte la chaqueta, pero hubieras olvidado enfundarte las mangas —respondió Violet con una sonrisa de oreja a oreja.

—¡*Mmm!* —gritó Sunny, y ni siquiera sus hermanos pudieron entender lo que quería decir desde debajo de la tela de raya diplomática.

—Cielos, Sunny —se sorprendió Violet—, creía que eras un bulto de la alfombra. Ven, será mejor que te embutamos en una de las mangas del traje. Mañana podríamos buscar un par de tijeras y...

—*Nnnn* —la interrumpió Sunny.

—Oh, no seas tonta, Sunny —dijo Klaus—. Te hemos visto en paños menores cientos de veces. Una vez más no importa. —Pero Klaus se equivocaba. No se equivocaba en lo de los paños menores (cuando se es bebé, tu familia te ve en paños menores muchas veces y no tiene sentido avergonzarse por ello), sino que se equivocaba al creer que con «*Nnnn*» Sunny se estaba quejando por quedarse desnuda delante de sus hermanos. El enorme traje de Sunny había ensordecido la palabra que estaba diciendo en realidad; era una palabra que todavía me persigue en sueños mientras doy vueltas en la cama, mientras las imágenes de Beatrice y su legado llenan mi inquieto y dolorido cerebro sin importar a qué lugar del mundo viaje y sin importar la relevante prueba que haya descubierto.

Es necesario utilizar una vez más la expresión «parecer un enano» para explicar lo que ocurrió después de que Sunny dijera esa palabra fatal en voz alta. Porque aunque Violet y Klaus no pudieron oír lo que Sunny había dicho, supieron enseguida lo que su hermana había querido decir. Pues en cuanto Sunny pronunció la palabra, una sombra alargada se proyectó sobre los Baudelaire y ellos alzaron la vista para descubrir qué bloqueaba el paso de la luz. Cuando miraron, sintieron que todo lo que les ocurría parecía enano en comparación con lo atrapados que se sintieron, porque esa palabra, siento decirlo, era *Olaf*.

Cuatro

Si alguna vez estáis obligados a ir a una clase de química, seguramente veréis una tabla colgada de la pared, dividida en recuadros con diferentes números y letras inscritos. Esta tabla se llama «tabla de los elementos» y a los científicos les gusta decir que contiene todas las sustancias de las que está hecho el mundo. Como todas las personas, los científicos se equivocan de vez en cuando y es fácil darse cuenta de que se equivocan con lo de la tabla de los elementos. Porque aunque la tabla contiene un gran número de elementos, desde el elemento oxígeno, que se encuentra en el aire, hasta el elemento aluminio, que se encuentra en las latas de refresco, la tabla de los elementos no contiene uno de los elementos más poderosos de los que está hecho el mundo: el elemento sorpresa. El elemento sorpresa no es un gas, como el oxígeno, ni un sólido, como el aluminio. El elemento sorpresa es una ventaja injusta y se da en las situaciones en las que una persona se le aparece por sorpresa a otra. La persona sorprendida –o, en este triste caso, las personas sorprendidas– se queda demasiado estupefacta para defenderse, y la persona que la sorprende cuenta con la ventaja del elemento sorpresa.

–Hola, por favor –dijo el Conde Olaf con su áspera voz, pero los huérfanos Baudelaire estaban demasiado estupefactos para defenderse. No gritaron. No llamaron a sus tutores para que los salvaran. Se quedaron allí de pie, con sus enormes trajes de raya diplomática y mirando al terrible hombre que de una forma u otra había vuelto a encontrarlos.

Mientras Olaf bajaba la vista para mirarlos con una espantosa sonrisa, disfrutando de la injusta ventaja del elemento sorpresa, los niños vieron que llevaba otro de sus nefandos disfraces, una expresión que aquí significa que no podía engañarlos se pusiera lo que se pusiese. Olaf llevaba calzadas un par de brillantes botas negras de caña tan alta que casi le llegaban a las rodillas, la clase de botas que uno se pone para ir a montar a caballo. Sobre un ojo llevaba un monóculo, que es una lente para un solo ojo, en lugar de para los dos, de esa clase de lente que te obliga a fruncir el entrecejo para mantenerla en su sitio. El resto del cuerpo lo llevaba cubierto con un traje de raya diplomática para ir a la moda en el momento en que tenía lugar esta historia. Sin embargo, los Baudelaire sabían que a Olaf no le importaba en absoluto ir a la moda, que no tenía mala visión en un ojo y que no iba a montar a caballo. Los tres niños sabían que Olaf llevaba botas para ocultar el tatuaje del ojo que llevaba en el tobillo izquierdo. Sabían que llevaba el monóculo para poder fruncir el entrecejo y así evitar que se notase que tenía una única y larga ceja sobre sus brillantes y relucientes ojos. Y sabían que llevaba un traje de raya diplomática para que la gente pensara que era una persona rica que vivía en la avenida Oscura, en lugar de un villano codicioso y perverso que vivía en una prisión de alta seguridad.

—Vosotros debéis de ser los niños, por favor. —Usó mal la locución «por favor» por segunda vez—. El nombre mío es Gunther. Por favor, perdonad mía forma de hablar. Por favor, no soy fluido con el idioma, por favor.

—¿Cómo...? —empezó a decir Violet, y luego se calló. Seguía estupefacta y era difícil terminar la frase «¿Cómo nos has encontrado tan deprisa y cómo has pasado por delante del portero que prometió que te mantendría alejado de nosotros?», estando todavía bajo los efectos del elemento sorpresa.

—¿Dónde...? —empezó a decir Klaus, y luego se calló. Estaba estupefacto como su hermana y le resultó imposible terminar la frase «¿Dónde has metido a los trillizos Quagmire?», estando bajo los efectos del elemento sorpresa.

—¿*Bik...?* —dijo Sunny, y luego se calló. El elemento sorpresa le pesaba a la pequeña de los Baudelaire tanto como a Violet y a Klaus, y Sunny no encontró palabras para terminar la frase ¿*Bikayado?*, que significa algo así como «¿Qué nuevo y malvado plan has maquinado para arrebatarnos nuestra fortuna?».

—Ya veo que vosotros tampoco sois fluidos con el idioma, por favor —dijo el Conde Olaf, que seguía fingiendo otra forma de hablar—. ¿Dónde están el padre y la madre?

—No somos sus padres —aclaró Esmé, y los Baudelaire experimentaron otro elemento sorpresa cuando los Miseria aparecieron en el pasillo saliendo por otra puerta—. Somos sus tutores legales. Estos niños son huérfanos, Gunther.

—¡Ah! —Tras el monóculo, los ojos del Conde Olaf se volvieron incluso más brillantes, como solía ocurrir cuando miraba a los indefensos Baudelaire. Los niños tuvieron la sensación de que sus ojos eran un par de cerillas encendidas a punto de achicharrarlos–. ¡Huérfanos se llevan! –exclamó.

–Ya sé que los huérfanos se llevan –dijo Esmé, pasando por alto el error gramatical que había cometido Olaf–. De hecho, se llevan tanto que tendrían que ser subastados la semana que viene en el gran acontecimiento.

–¡Esmé! –exclamó Jerome–. ¡Me sorprendes! No vamos a subastar a estos niños.

–Por supuesto que no –respondió Esmé–. Subastar niños es ilegal. Oh, bueno, vamos, Gunther. Te mostraré el piso. Jerome, llévate a los niños al Café Salmonela.

–Pero si ni siquiera los hemos presentado –protestó Jerome–. Violet, Klaus, Sunny, os presento a Gunther, el subastador del que hemos hablado antes. Gunther, te presento a los nuevos miembros de nuestra familia.

–Estoy encantado de conoceros, por favor –dijo Olaf, tendiendo una de sus escuálidas manos a los niños.

–Ya nos hemos visto en otra ocasión –dijo

Violet, feliz de ver que los efectos del elemento sorpresa se estaban desvaneciendo y que había encontrado el valor para hablar–. En muchas ocasiones anteriores. Jerome, Esmé, este hombre es un impostor. No es Gunther y no es un subastador. Este es el Conde Olaf.

–No entiendo, por favor, lo que dice la huérfana –dijo Olaf–. Por favor, no soy fluido en el idioma, por favor.

–Sí, sí lo es –dijo Klaus, que también se sintió más valiente que sorprendido–. Habla el idioma a la perfección.

–¡Pero bueno, Klaus, me sorprendes! –exclamó Jerome–. Una persona con estudios como tú debería saber que ha cometido un par de errores gramaticales.

–¡*Guarán!* –gritó Sunny.

–Mi hermana tiene razón –dijo Violet–. Sus incorrecciones al hablar son parte de su disfraz. Si haces que se quite las botas, verás su tatuaje y si haces que se quite el monóculo, se estirará su única ceja y si...

—Gunther es uno de los subastadores más de moda del mundo —dijo Esmé con impaciencia—. Me lo dijo él mismo. No voy a hacer que se desvista para que os sintáis mejor. Ahora, dadle la mano a Gunther e id a cenar, y no se hable más del tema.

—No es Gunther, ¡de verdad! —gritó Klaus—. Es el Conde Olaf.

—No estoy entendiendo lo que tú dice, por favor —dijo el Conde Olaf, encogiendo sus esqueléticos hombros.

—Esmé —dijo Jerome, vacilante—, ¿cómo podemos estar seguros de que este hombre es quien dice? Los niños parecen bastante alarmados. Tal vez deberíamos...

—Tal vez deberíamos escuchar lo que digo yo —acabó Esmé, señalándose a sí misma con uno de sus dedos de largas uñas—. Soy Esmé Gigi Geniveve Miseria, la sexta asesora financiera más importante de la ciudad. Vivo en la avenida Oscura y soy increíblemente rica.

—Eso ya lo sé, querida —dijo Jerome—. Vivo aquí contigo.

−Bueno, pues si quieres seguir viviendo conmigo, llamarás a este hombre por su nombre, y lo mismo os digo a vosotros tres, niños. ¡Me he tomado la molestia de compraros tres rompedores trajes de raya diplomática, y vosotros empezáis a acusar a la gente de ir disfrazada!

−No pasa nada, por favor −dijo el Conde Olaf−. Los niños están confundidos.

−No estamos confundidos, Olaf −dijo Violet.

Esmé se volvió hacia Violet y le dedicó una mirada de enfado.

−Tú y tus hermanos vais a llamar a este hombre Gunther −ordenó−, o haréis que me arrepienta mucho de haberos traído a mi elegante casa.

Violet miró a Klaus y luego a Sunny y tomó una decisión rápidamente. Discutir con alguien nunca es agradable, pero a veces es útil y necesario. Justo el otro día, por ejemplo, fue útil y necesario para mí tener una discusión desagradable con un estudiante de medicina, porque si no me llega a dejar su lancha motora ahora estaría en-

cadenado en el interior de una pequeña habitación resistente al agua, en lugar de estar sentado
en una fábrica de máquinas de escribir, relatando
esta espantosa historia. Sin embargo, Violet se
dio cuenta de que no era ni útil ni necesario discutir con Esmé, porque su tutora ya se había hecho sin duda una idea sobre Gunther. Sería más
útil y necesario salir del ático e intentar pensar
en qué hacer con la reaparición del espantoso villano, en lugar de quedarse allí discutiendo sobre
cómo llamarle. Así que Violet respiró hondo y
sonrió al hombre que había provocado tantos
problemas en la vida de los Baudelaire.

—Lo siento, Gunther —dijo, a punto de asfi-
xiarse por su falsa disculpa.

—Pero... —empezó a replicar Klaus, pero Violet le echó una mirada que significaba que los
Baudelaire discutirían el problema más tarde,
cuando no hubiera adultos cerca—. Así es —dijo
sin tardanza, cuando entendió la mirada de su
hermana—. Hemos creído que era otra persona,
señor.

Gunther levantó la cabeza y se ajustó el monóculo.

—Bien, por favor —respondió.

—Se está muchísimo mejor cuando nadie discute —comentó Jerome—. Venga, niños, vamos a cenar. Gunther y Esmé tienen que preparar la subasta y necesitan el piso para ellos solos.

—Dame un minuto para arremangarme —contestó Klaus—. Los trajes nos van un poco grandes.

—Primero os quejáis diciendo que Gunther es un impostor, y ahora os quejáis de los trajes —protestó Esmé, poniendo los ojos en blanco—. Supongo que esto sirve para demostrar que los huérfanos pueden estar de moda y ser maleducados al mismo tiempo. Vamos, Gunther, te mostraré el resto de mi glorioso piso.

—Hasta la vista, por favor —les dijo Gunther a los niños, con los ojos brillantes, y les dedicó un pequeño gesto de despedida con la mano mientras seguía a Esmé por el pasillo. Jerome le devolvió el saludo, pero en cuanto Gunther dobló la esquina, se agachó para acercarse a los niños.

—Ha sido un bonito gesto que hayáis dejado de discutir con Esmé —dijo—. Sabía que no estabais del todo convencidos de haberos confundido con Gunther. Pero no os preocupéis. Hay algo que podemos hacer para que os sintáis más tranquilos.

Los Baudelaire se miraron entre sí y sonrieron, aliviados.

—¡Oh, gracias, Jerome! —exclamó Violet—. ¿Qué tienes en mente?

Jerome sonrió y se arrodilló para ayudar a Violet a subirse las perneras del traje.

—Me pregunto si puedes adivinarlo —dijo.

—Podríamos hacer que Gunther se quitara las botas —dijo Violet— y entonces veríamos si lleva el tatuaje de Olaf.

—O podríamos hacer que se quitase el monóculo y estirase el ceño —sugirió Klaus, mientras se arremangaba— y podríamos ver mejor cómo tiene las cejas.

—¡*Resyca!* —exclamó Sunny, lo que significaba algo así como «O podrías pedirle simplemente que se fuera del ático y que no volviera nunca más».

–Bueno, no sé lo que significa «*Resyca*» –dijo Jerome–, pero no vamos a hacer nada de eso. Gunther es un invitado y no estaría bien ser maleducados con él.

Los Baudelaire sí querían ser maleducados con él, pero sabían que era de mala educación decirlo.

–Entonces, ¿qué es lo que puede tranquilizarnos? –preguntó Violet.

–En lugar de bajar todos esos peldaños –dijo Jerome–, ¡podemos bajar por el pasamanos! Es divertidísimo y siempre que lo hago me olvido de los problemas, no importa qué problemas sean. ¡Seguidme!

Bajar deslizándose por el pasamanos, claro está, no iba a hacer que los Baudelaire se sintieran mejor cuando una persona malvada andaba merodeando por su casa, pero antes de que nadie pudiera comentarlo, Jerome ya los estaba guiando hacia la salida del ático.

—¡Vamos, niños Baudelaire! —gritó, y los niños le siguieron mientras él caminaba a toda prisa por el pasillo, pasaba por las salas de estar, a través de una cocina, por nueve habitaciones y, por último, salía del piso. Guió a los niños más allá de los dos pares de puertas correderas de los ascensores hasta el inicio de la escalera y se sentó sobre el pasamanos con una sonrisa de oreja a oreja.

—Yo bajaré primero —dijo—, así veréis cómo se hace. Tened cuidado con las curvas y, si vais demasiado deprisa, podéis frenar apoyando la suela de los zapatos contra la pared. ¡No tengáis miedo!

Jerome se dio impulso y en un segundo desapareció del mapa deslizándose; su risa resonó en el hueco de la escalera mientras se dirigía a toda pastilla hacia el vestíbulo. Los niños miraron la escalera y sintieron que el corazón se les encogía de miedo. No era miedo por bajar deslizándose por el pasamanos. Los Baudelaire habían bajado deslizándose por muchos pasamanos y, aunque nunca se habían deslizado por uno con cuarenta

y ocho u ochenta y cuatro pisos, no les daba miedo intentarlo, sobre todo en ese momento en que
la luz natural volvía a llevarse y podían ver por
dónde pisaban. Sin embargo, tenían miedo. Tenían miedo de que Gunther tuviera un inteli-
gente y repulsivo plan para ponerle las manos
encima a la fortuna de los Baudelaire y de que no
tuvieran ni la más mínima idea de qué se trataba.
Les daba miedo que algo espantoso les hubiera
ocurrido a los trillizos Quagmire, porque parecía
que Gunther había tenido tiempo para encontrar
a los Baudelaire en su nueva casa. Y tenían miedo de que los Miseria no les sirvieran de ayuda
para mantenerse seguros y a salvo de las desho-
nestas garras de Gunther.

La risa de Jerome se oía cada vez más lejos a
medida que bajaba, y los niños permanecieron
juntos sin decir ni una palabra al tiempo que miraban la escalera, que trazaba curvas y más curvas y más curvas, hasta donde alcanzaba la vista.
A los Baudelaire les daba miedo que a partir de
ahí empezasen a descender en picado en la vida.

El Café Salmonela esta-
ba situado en el barrio del
Pescado, que era una zona
de la ciudad que parecía,
sonaba, olía y que seguramente (si os agacharais y
lamierais sus calles) sabía a
pescado. El barrio del Pescado olía a pescado porque
estaba situado cerca del mue-
lle de la ciudad, donde los pes-
cadores vendían su pesca todas
las mañanas. Sonaba a pescado
porque el asfalto siempre estaba

mojado por la brisa marina y los pies de los transeúntes emitían sonidos burbujeantes y de chapoteo que parecían ruidos hechos por criaturas
marinas. Y se parecía al pescado porque todos
los edificios del barrio del Pescado estaban hechos de brillantes y plateadas escamas, en lugar
de ladrillos o listones de madera. Cuando los
huérfanos Baudelaire llegaron al barrio del Pescado y siguieron a Jerome hasta el Café Salmonela, tuvieron que mirar el cielo nocturno para
recordar que no estaban en el fondo del mar.

El Café Salmonela no era un restaurante cualquiera, sino que era un restaurante temático, lo
que significa que es un restaurante en el que la
comida y la decoración se centran en una especialidad determinada. La especialidad del Café
Salmonela −y a lo mejor ya lo habéis adivinado
por el nombre− era el salmón. Había fotos de
salmones en las paredes y dibujos de salmones en
el menú, y los camareros y camareras iban disfrazados de salmón, lo que les hacía difícil llevar las
bandejas y los platos. Las mesas estaban decora-

das con jarrones llenos de salmón, en lugar de flores, y, por supuesto, toda la comida que se servía en el Café Salmonela tenía algo que ver con el salmón. El salmón no tiene nada de malo, claro está, pero al igual que las golosinas, el yogur de fresa y el limpiaalfombras líquido, si se come en exceso no se disfruta. Así les ocurrió esa noche a los huérfanos Baudelaire. Para empezar, su camarero disfrazado les sirvió cuencos de cremosa sopa de salmón y luego una ensalada fresca de salmón, después salmón asado con ravioli de salmón, cubiertos de salsa de mantequilla con salmón de segundo plato. Cuando el camarero les sirvió pastel de salmón con una bola de helado de salmón encima, los niños no querían volver a probar el salmón en su vida. Sin embargo, aunque la comida hubiera estado compuesta por una variedad de platos, todos deliciosamente preparados y servidos por un camarero vestido con un simple y cómodo uniforme, los Baudelaire no habrían disfrutado de la cena, porque la idea de que Gunther estuviera pasando la noche a solas con su tutora les hacía perder el hambre mucho más que un montón de pescado rosa y sazonado, y a Jerome, simplemente, ya no le apetecía hablar más del tema.

—Simplemente, no me apetece hablar más del tema —dijo Jerome mientras bebía un sorbo de agua con trozos de salmón congelado en lugar de cubitos de hielo—. Y, la verdad, niños Baudelaire, creo que deberíais estar un poco avergonzados de haber sospechado algo. ¿Sabéis lo que significa la palabra «xenófobo»?

Violet y Sunny sacudieron la cabeza y miraron a su hermano, que intentaba recordar si había encontrado esa palabra en alguno de sus libros.

—Cuando una palabra acaba en «-fobo» —dijo Klaus, limpiándose la boca con una servilleta que tenía forma de salmón—, suele significar que alguien le tiene miedo a algo. ¿Es que «xeno-» significa Olaf?

—No —respondió Jerome—. Significa «extraño» o «extranjero». Un xenófobo es alguien a quien le asusta la gente que viene de otro país, que es un motivo estúpido por el que tener miedo. Había pensado que vosotros tres erais demasiado sensatos para ser xenófobos. Al fin y al cabo, Violet, Galileo era de un país europeo e inventó el telescopio. ¿Tendrías miedo de él?

—No —contestó Violet—. Sería un honor conocerle. Pero...

—Y, Klaus —prosiguió Jerome—, estoy seguro de que has oído hablar del escritor Junichiero Tanizaki, que es de un país asiático. ¿Tendrías miedo de él?

—Por supuesto que no —respondió Klaus—. Pero...

—Y, Sunny —prosiguió Jerome—, el león montés de dientes afilados se encuentra en numerosos países de Norteamérica. ¿Te daría miedo encontrarte con un león?

—*Netes* —respondió Sunny, lo que significaba algo así como «¡Por supuesto que sí! Los leones monteses son animales salvajes», pero Jerome siguió hablando como si no hubiera escuchado una palabra de lo que ella había dicho.

—No quería regañaros —dijo—. Sé que lo habéis pasado mal desde que vuestros padres murieron, y Esmé y yo queremos hacer todo lo posible por proporcionaros un hogar agradable y seguro. No creo que el Conde Olaf se atreva a venir a nuestro elegante barrio, pero en caso de que lo hiciera, el portero lo verá y alertará a las autoridades de inmediato.

—Pero el portero no lo ha visto —insistió Violet—. Estaba disfrazado.

—Olaf sería capaz de ir a cualquier sitio para encontrarnos —añadió Klaus—. No importa lo elegante que sea el barrio.

Jerome miró con incomodidad a los niños.

—Por favor, no discutáis conmigo —replicó—. No soporto las discusiones.

—Pero algunas veces discutir es útil y necesario —comentó Violet.

—No se me ocurre ni una sola discusión que pueda ser útil o necesaria —dijo Jerome—. Por ejemplo, Esmé nos hizo la reserva en el Café Salmonela y yo no soporto el sabor del salmón.

Podría haber discutido con ella sobre eso, por supuesto, pero ¿habría sido útil o necesario?

—Bueno, podrías haber cenado algo que te gustara.

Jerome sacudió la cabeza.

—Algún día, cuando seas mayor, lo entenderás —dijo—. Mientras tanto, ¿recordáis qué salmón era nuestro camarero? Es casi la hora de acostaros y me gustaría pagar la cuenta y llevaros a casa.

Los huérfanos Baudelaire se miraron entre sí, frustrados y tristes. Se sentían frustrados por haber intentado inútilmente convencer a Jerome de la verdadera identidad de Gunther y tristes porque sabían que era inútil seguirlo intentando. Apenas dijeron nada mientras Jerome los sacaba a toda prisa del Café Salmonela y se metían en un taxi que los alejaba del barrio del Pescado para llevarlos al número 667 de la avenida Oscura. Durante el trayecto, el taxi pasó junto a la playa donde los Baudelaire recibieron la terrible noticia del incendio, momento que parecía muy, pero que muy lejano. Cuando los niños miraron por la ventanilla a las olas que se mecían a lo largo de la oscura playa, añoraron a sus padres como nunca. Si los padres de los Baudelaire hubieran estado vivos, habrían escuchado a sus hijos. Los habrían creído cuando ellos les hubiesen dicho quién era Gunther en realidad. Sin embargo, lo que más entristecía a los Baudelaire era el hecho de que si sus padres hubieran estado vivos, los tres hermanos ni siquiera sabrían quién era el Conde Olaf, ni mucho menos serían objeto de sus perversos y malvados planes. Violet, Klaus y Sunny permanecieron sentados en el taxi, mirando con tristeza por la ventanilla y desearon con todas sus fuerzas poder volver a la época en que su vida era feliz y despreocupada.

—¿Ya han vuelto? —preguntó el portero mientras abría la puerta del taxi con una mano todavía oculta por la manga de su abrigo—. La señora Miseria me dijo que no volverían hasta que su invitado se hubiera marchado del ático, y él todavía no ha bajado.

Jerome miró la hora y frunció el entrecejo.

—Es bastante tarde —dijo—. Los niños tienen que acostarse temprano. Estoy seguro de que si nos quedamos muy callados, no los molestaremos.

—Tengo instrucciones precisas —dijo el portero—. Nadie puede entrar en el piso del ático hasta que el invitado salga del edificio, lo que definitivamente no ha hecho.

—No quiero discutir con usted —dijo Jerome—. Pero a lo mejor está bajando en este instante. Se tarda mucho en bajar la escalera, a menos que uno baje deslizándose por el pasamanos. Así que tal vez ya podamos subir.

—No lo había pensado —respondió el portero, mientras se rascaba la barbilla con la bocamanga—. Está bien, supongo que pueden subir. A lo mejor se lo cruzan por la escalera.

Los Baudelaire se miraron entre sí. No sabían qué les ponía más nerviosos, si la idea de que Gunther hubiera pasado tanto tiempo en el ático de los Miseria o la idea de encontrárselo mientras bajaba la escalera.

—A lo mejor deberíamos esperar a que Gunther se fuera —dijo Violet—. No nos gustaría que el portero se metiera en un lío.

—No, no —decidió Jerome—. Será mejor que empecemos a subir o estaremos demasiado cansados para llegar hasta arriba. Sunny, no dejes de avisarme cuando quieras que te lleve en brazos.

Entraron en el vestíbulo del edificio y les sorprendió ver que lo habían redecorado por completo mientras estaban cenando. Todas las paredes estaban pintadas de azul y el suelo estaba cubierto de arena con unas cuantas conchas esparcidas por los rincones.

—La decoración marinera se lleva —les explicó el portero—. Hoy mismo me han llamado. Mañana, el vestíbulo estará lleno de adornos marinos.

—Ojalá lo hubiera sabido antes —comentó Jerome—. Podríamos haber traído algo del barrio del Pescado.

—Oh, ojalá lo hubiera sabido —respondió el portero—. Ahora a todo el mundo le gustan los adornos marinos y son difíciles de encontrar.

—Seguro que hay adornos marinos a la venta en la Subasta In —dijo Jerome mientras llegaba junto con los Baudelaire al pie de la escalera—. Podría pasarse por allí y comprar algo para el vestíbulo.

—Puede que lo haga —afirmó el portero, sonriendo de forma extraña a los niños—. Puede que lo haga. Buenas noches, amigos.

Los Baudelaire le dieron las buenas noches al portero y empezaron a subir la escalera. Subieron y subieron y se encontraron con varias personas que bajaban, y aunque todas ellas llevaban trajes de raya diplomática, ninguna era Gunther. A medida que los niños subían cada vez más, la gente que bajaba parecía más y más cansada, y cada vez que los niños pasaban por delante de la puerta de un piso, escuchaban los ruidos que hacía la gente que se preparaba para acostarse. En la decimoséptima planta, escucharon a alguien que le preguntaba a su madre dónde estaba el gel de baño. En la planta trigésimo octava, escucharon el ruido de alguien que se cepillaba los dientes. Y en una planta muy alta –los niños habían vuelto a perder la cuenta, pero debía de ser una planta muy alta, porque Jerome llevaba en brazos a Sunny– escucharon a alguien con una voz muy, pero que muy profunda, leyendo un cuento a unos niños. Todos esos sonidos los hicieron sentir cada vez más soñolientos. Cuando llegaron a la última planta, los huérfanos Baudelaire estaban tan cansados que se sentían como si estuvieran caminando sonámbulos o, en el caso de Sunny, yendo en brazos sonámbula. Estaban tan cansados que casi se quedaron dormidos, apoyados en los dos pares de puertas correderas de los ascensores, mientras Jerome abría la puerta de entrada. Estaban tan cansados que les dio la sensación de que la aparición de Gunther había sido un sueño, porque cuando le preguntaron a Esmé por él, ella contestó que se había marchado hacía tiempo.

–¿Gunther se ha ido? –preguntó Violet–. Pero si el portero ha dicho que todavía estaba aquí.

–Oh, no –dijo Esmé–. Ha dejado un catálogo

de todas las cosas de la Subasta In. Está en la biblioteca por si queréis echarle un vistazo. Hemos hablado sobre algunos detalles de la subasta y luego se ha marchado a casa.

–Pero eso no puede ser –dijo Jerome.

–Claro que puede ser –replicó Esmé–. Acaba de salir por esa puerta.

Los Baudelaire se miraron entre sí, confusos y con cara de sospecha. ¿Cómo había conseguido salir Gunther del ático sin ser visto?

–¿Cogió el ascensor para irse? –preguntó Klaus.

Esmé abrió los ojos de par en par y abrió la boca muchas veces sin decir nada, como si estuviera experimentando los efectos del elemento sorpresa.

–No –dijo por fin–. El ascensor está cerrado. Ya lo sabes.

–Pero el portero ha dicho que seguía aquí –volvió a decir Violet–. Y no nos lo hemos encontrado en la escalera.

–Bueno, entonces, el portero estaba equivocado —dijo Esmé—. Vamos a dejar esta soporífera conversación. Jerome, acuéstalos enseguida.

Los Baudelaire se miraron entre sí. No creían que la conversación fuera en absoluto soporífera, que es una forma elegante de decir que algo es tan aburrido que da sueño. Pese a la agotadora ascensión, los niños no se sentían en absoluto cansados para hablar del paradero de Gunther. La idea de que hubiera conseguido desaparecer de forma tan misteriosa como había aparecido los ponía demasiado nerviosos para tener sueño. Sin embargo, los tres niños sabían que no podrían convencer a los Miseria de seguir discutiendo durante más tiempo, de la misma forma que habían sido incapaces de convencerlos de que Gunther era en realidad el Conde Olaf en lugar de un subastador, así que le dieron las buenas noches a Esmé y siguieron a Jerome a través de las salas de baile, pasando por una sala de desayuno, a través de dos salas de estar, y por fin hasta sus habitaciones.

—Buenas noches, niños —se despidió Jerome, y

sonrió–. Seguramente los tres dormiréis como troncos después de la ascensión. No he querido decir que os parezcáis a esa parte de los árboles, por supuesto. Lo que he querido decir es que en cuanto os metáis en la cama, apuesto a que os quedáis dormidos y quietos como un tronco.

–Ya sabemos lo que has querido decir, Jerome –aclaró Klaus–, y espero que tengas razón. Buenas noches.

Jerome sonrió a los niños y los niños le devolvieron la sonrisa, y luego se miraron entre sí una vez más antes de entrar en sus habitaciones y cerrar las puertas tras de sí. Los niños sabían que no dormirían como troncos, a menos que hubiera algún tronco que se pasara la noche dando vueltas, pensando sin parar. Los hermanos se preguntaban si Gunther estaría escondido y cómo había conseguido encontrarlos y qué terrible artimaña estaría maquinando. Se preguntaban dónde estarían los trillizos Quagmire, ya que Gunther tenía tiempo de perseguir a los Baudelaire. Y se preguntaban qué podía significar V.B.F. y si

saberlo los ayudaría con Gunther. Los Baudelaire daban vueltas y vueltas en la cama y se preguntaban todas estas cosas, y a medida que se
hacía cada vez más tarde, ellos se sentían cada
vez menos como troncos y más como unos niños
envueltos en una trama siniestra y misteriosa,
que pasaban una de las noches menos somno-
lientas de su joven vida.

La mañana es uno de los mejores momentos para pensar. Cuando te acabas de levantar, pero aún no has salido de la cama, es un momento perfecto para mirar al techo, reflexionar sobre la vida y preguntarte qué te deparará el futuro. En la mañana en que estoy escribiendo este capítulo, me estoy preguntando si el futuro me deparará algo que me permita liberarme de estos grilletes y salir por la ventana de cerradura doble. Sin embargo, en el caso de los huérfanos Baudelaire, cuando el sol de la mañana entró por las ciento cuarenta y nueve ventanas del ático de los Miseria, se estaban preguntando si en el futuro descubrirían cuál era el problema que sentían que se les avecinaba. Violet observó cómo los primeros rayos del sol iluminaban su banco de herramientas, de madera maciza y sin herramientas, e intentó imaginar qué clase de plan malvado había maquinado Gunther. Klaus observó cómo los rayos de la mañana dibujaban formas cambiantes en la pared que separaba su habitación de la biblioteca de los Miseria y se estrujó el cerebro pensando cómo habría conseguido Gunther esfumarse sin ser visto. Y Sunny observó cómo el sol que se levantaba iluminaba los juguetes de bebé inservibles para hincarles el diente e intentó imaginar si tendrían tiempo para comentar el asunto antes de que los Miseria fueran a despertarlos.

Esta última cuestión era mucho más fácil de averiguar. La más pequeña de los Baudelaire salió gateando por la puerta de su habitación, fue a buscar a su hermano, abrió la puerta de la habitación de Violet y vio que se había levantado de la cama y que estaba sentada en el banco de herramientas con el pelo recogido en una cola con un lazo para apartárselo de los ojos.

—*Tageb* —dijo Sunny.

—Buenos días —respondió Violet—. Se me ha ocurrido que hacerme una coleta me ayudaría a pensar y me he sentado en el banco de las herramientas, como si estuviera inventando algo. Pero no se me ha ocurrido nada.

—Es horrible que Olaf haya vuelto a aparecer —dijo Klaus— y que tengamos que llamarle Gunther. Pero no tenemos ni la más mínima pista de lo que está planeando.

—Bueno, quiere ponerle las manos encima a nuestra fortuna, eso seguro —dijo Violet.

—*Klofy* —afirmó Sunny, lo que significaba «Claro. Pero ¿cómo?».

—A lo mejor tiene algo que ver con la Subasta In —aventuró Klaus—. ¿Por qué iba a disfrazarse de subastador si no formase parte de su plan?

Sunny bostezó, y Violet se agachó y levantó a su hermana en brazos para sentársela en el regazo.

—¿Crees que va a intentar subastarnos? —preguntó Violet mientras Sunny se echaba hacia delante para mordisquear el banco de las herramientas, ensimismada–. Podría conseguir que uno de sus horribles ayudantes pujara cada vez más alto hasta quedarse con nosotros y entonces caeríamos en sus garras, al igual que los pobres Quagmire.

–Pero Esmé ha dicho que es ilegal subastar niños –señaló Klaus.

Sunny dejó de mordisquear el banco de las herramientas y miró a sus hermanos.

–¿*Nolano?* –preguntó, que quería decir algo así como «¿Creéis que los Miseria están compinchados con Gunther?».

–No lo creo –respondió Violet–. Han sido muy amables con nosotros, bueno, por lo menos Jerome. Y, de todas formas, ellos no necesitan la fortuna de los Baudelaire. Ya tienen mucho dinero.

–Pero no mucho sentido común –comentó Klaus con tristeza–. Gunther los ha engañado totalmente y solo ha necesitado un par de botas negras, un traje de raya diplomática y un monóculo.

—Además, consiguió hacerles creer que se había ido —añadió Violet—, aunque el portero estaba seguro de que no se había ido.

—Gunther también me engañó a mí —afirmó Klaus—. ¿Cómo se puede haber ido sin que el portero se diera cuenta?

—No lo sé —dijo Violet apesadumbrada—. Todo esto es como un rompecabezas, pero faltan muchas piezas por encajar.

—¿Alguien ha dicho «rompecabezas»? —preguntó Jerome—. Si estáis buscando un rompecabezas, creo que hay un par en el armario de una de las salas de estar, o a lo mejor en uno de los comedores, no recuerdo en cuál.

Los Baudelaire alzaron la vista y vieron a su tutor de pie en el umbral de la puerta de la habitación de Violet, con una sonrisa en los labios y una bandeja de plata en las manos.

—Buenos días, Jerome —dijo Klaus—. Y gracias, pero no estábamos buscando un rompecabezas. Violet estaba utilizando una expresión. Estamos intentando averiguar algo.

–Bueno, no conseguiréis averiguar nada con el estómago vacío –respondió Jerome–. Os he traído algo para desayunar: tres huevos pasados por agua y unas ricas tostadas de pan integral.

–Gracias –dijo Violet–. Ha sido muy amable por tu parte prepararnos el desayuno.

–No hay de qué –respondió Jerome–. Esmé tiene una importante reunión con el rey de Arizona hoy, así que tenemos todo el día para nosotros. He pensado que podríamos pasear por la ciudad hasta el barrio de la Ropa para llevar vuestros trajes a un buen sastre. Esos trajes no sirven para nada si no os quedan bien.

–*¡Knilliu!* –gritó Sunny, queriendo decir: «Muy amable por tu parte».

–No sé qué significa «*Knilliu*» –dijo Esmé mientras entraba en la habitación– y no me importa, y a vosotros tampoco os importará cuando oigáis la maravillosa noticia que acaban de darme por teléfono. ¡Los martinis acuosos ya no se llevan y el refresco de perejil sí se lleva!

–¿Refresco de perejil? –preguntó Jerome,

frunciendo el entrecejo–. Eso parece espantoso. Creo que seguiré con los martinis acuosos.

–No estás escuchando lo que digo –replicó Esmé–. Ahora se lleva el refresco de perejil. Ahora mismo tienes que salir a comprar un par de cajones de perejil.

–Pero iba a llevar los trajes de los niños al sastre –se quejó Jerome.

–Entonces tendrás que cambiar de planes –dijo Esmé con impaciencia–. Los niños ya tienen ropa, pero nosotros no tenemos refresco de perejil.

–Bueno, no quiero discutir –dijo Jerome.

–Entonces no discutas –respondió Esmé–. Y tampoco te lleves a los niños contigo. El barrio de la Bebida no es lugar para los jóvenes. Bien, será mejor que te vayas, Jerome. No quiero llegar tarde a mi cita con su alteza de Arizona.

–¿Pero no quieres pasar un rato con los Baudelaire antes de que empiece el día laboral? –preguntó Jerome.

–No especialmente –contestó Esmé, y miró

rápidamente la hora–. Les daré los buenos días. Buenos días. Bueno, venga, Jerome.

Jerome abrió la boca como si fuera a decir algo, pero Esmé ya se había encaminado hacia la salida de la habitación, así que él se limitó a encogerse de hombros.

–Que paséis un buen día –les dijo a los niños–. Hay comida en todas las cocinas, así que os podéis preparar el almuerzo. Siento que nuestros planes no hayan salido bien al final.

–¡Date prisa! –gritó Esmé desde el vestíbulo, y Jerome salió corriendo de su habitación. Los niños oyeron cómo los pasos de su tutor se alejaban cada vez más mientras se dirigía hacia la puerta de entrada.

–Bueno –dijo Klaus, cuando dejaron de oírlos–, ¿qué hacemos hoy?

–*Vinfrey* –sugirió Sunny.

–Sunny tiene razón –corroboró Violet–. Será mejor que pasemos el día pensando qué está planeando Gunther.

–¿Cómo podemos saber qué está planeando

—preguntó Klaus— si no sabemos ni siquiera dónde está?

—Bueno, será mejor que lo averigüemos —respondió Violet—. Ya tuvo la ventaja injusta del elemento sorpresa y no nos conviene que tenga la ventaja injusta de un buen escondite.

—Este ático tiene montones de escondites —comentó Klaus—. ¡Hay tantas habitaciones!

—*Koundix* —dijo Sunny, que significaba algo así como «Pero no puede estar en el ático. Esmé vio cómo se iba».

—Bueno, a lo mejor volvió a entrar a hurtadillas —sugirió Violet— y está merodeando por aquí ahora mismo.

Los Baudelaire se miraron entre sí y luego hacia la puerta de Violet, medio a la espera de ver a Gunther de pie, mirándolos con sus ojos muy, pero que muy brillantes.

—Si estuviera merodeando por aquí —aventuró Klaus—, ¿no nos habría atrapado nada más marcharse los Miseria?

—Puede que sí —dijo Violet—. Si ese fuera su plan.

Los Baudelaire volvieron a mirar hacia la puerta vacía.

—Tengo miedo —dijo Klaus.

—¡*Ecrif!* —se sumó Sunny.

—Yo también tengo miedo —admitió Violet—, pero si está aquí en el ático, será mejor que lo averigüemos. Tendremos que registrar todo el lugar e intentar encontrarlo.

—Yo no quiero encontrarlo —dijo Klaus—. En vez de eso, bajemos corriendo la escalera y avisemos al señor Poe.

—El señor Poe está en un helicóptero, buscando a los trillizos Quagmire —recordó Violet—. Cuando llegase ya sería demasiado tarde. Tenemos que averiguar qué anda maquinando Gunther, no solo por nuestro bien, sino por el bien de Isadora y de Duncan.

Al hablar de los trillizos Quagmire, los tres Baudelaire sintieron que su decisión se reafirmaba, una expresión que aquí significa «se dieron cuenta de que tenían que registrar el ático en busca de Gunther, aunque fuera algo que los espantara». Los niños recordaron lo mucho que se habían esforzado Duncan e Isadora por salvarlos de las garras de Olaf en la Escuela Preparatoria Prufrock, haciendo absolutamente de todo para ayudar a los Baudelaire a huir del malvado plan del Conde. Los Quagmire se habían escapado en plena noche y se habían puesto en grave peligro. Los Quagmire se habían disfrazado y habían arriesgado sus vidas para intentar engañar a Olaf. Y los Quagmire habían realizado una exhaustiva investigación hasta descubrir el secreto de V.B.F., aunque los habían secuestrado antes de que pudieran revelárselo a los Baudelaire. Violet, Klaus y Sunny pensaron en los dos valientes y leales trillizos y supieron que tenían que ser igual de valientes y leales ahora que tenían la oportunidad de salvar a sus amigos.

—Tienes razón —le dijo Klaus a Violet, y Sunny asintió con la cabeza para demostrar que estaba de acuerdo—. Tenemos que registrar el ático. Pero es un lugar muy intrincado. Yo me pierdo hasta cuando intento encontrar el baño por la noche. ¿Cómo vamos a registrarlo sin perdernos?

—¡*Hansel!* —exclamó Sunny.

Los dos Baudelaire mayores se miraron entre sí. No era frecuente que Sunny dijera algo que sus hermanos no pudieran entender, pero al parecer esa era una de aquellas ocasiones.

—¿Quieres decir que deberíamos dibujar un plano? —preguntó Violet.

Sunny sacudió la cabeza.

—¡*Gretel!* —exclamó.

—Es la segunda vez que no te entendemos —replicó Klaus—. ¿Hansel y Gretel? ¿Qué significa eso?

—¡Oh! —exclamó Violet de repente—. Hansel y Gretel quiere decir Hansel y Gretel, ya sabes, esos dos niños idiotas del cuento.

—Por supuesto —afirmó Klaus—. Esos hermanos que insistían en pasear por el bosque solos.

—Iban dejando un rastro de migas de pan —añadió Violet mientras cogía un pedazo de tostada de la bandeja del desayuno que Jerome les había llevado– para no perderse. Desmenuzaremos esta tostada y esparciremos unas cuantas migas en todas las habitaciones para saber que ya las hemos registrado. Bien pensado, Sunny.

–*Blized* –respondió Sunny con modestia, que quería decir algo así como «No hay para tanto», y siento decir que tenía razón. Puesto que, aunque los niños pasaron de la habitación al comedor en dirección a la sala del desayuno y por la sala del aperitivo hasta el despacho y la sala de recepción, pasando por el salón de baile hasta el baño y la cocina, hasta esas habitaciones que aparentemente no servían para nada, y vuelta a empezar, dejando rastros de migas de tostada allá donde pasaban, no encontraron a Gunther por ningún lado. Miraron en los armarios de todas las habitaciones, en los aparadores de todas las cocinas e incluso descorrieron las cortinas de las duchas de todos los baños para ver si Gunther se ocultaba tras ellas. Vieron percheros llenos de ropa en los armarios, latas de conservas en los aparadores y botellas de suavizante para el pelo en la ducha, pero los niños tuvieron que admitir, a medida que finalizaba la mañana y su propio rastro de migas los llevaba de vuelta a la habitación de Violet, que no habían encontrado nada.

–¿Dónde diantre puede estar escondido Gunther? –preguntó Klaus–. Hemos buscado por todas partes.

–A lo mejor ha estado moviéndose –sugirió Violet–. Podría haber estado en la habitación que dejábamos atrás todo el rato, yendo de un lugar a otro, donde ya habíamos registrado.

–No lo creo –dijo Klaus–. Lo habríamos oído si hubiera estado caminando con esas estúpidas botas. Creo que desde anoche ya no está en el ático. Esmé insiste en que salió del piso, pero el portero insiste en que no salió. No tiene sentido.

–He estado pensando en eso –admitió Violet–. Creo que sí puede tener sentido. Esmé insiste en que salió del ático. El portero insiste en que no salió del edificio. Eso significa que podría estar en cualquiera de los pisos del número 667 de la avenida Oscura.

—Tienes razón —afirmó Klaus—. A lo mejor ha alquilado uno de los pisos de las otras plantas, como cuartel general para su último plan.

—O a lo mejor uno de los pisos pertenece a uno de los miembros de su compañía de farsantes —aventuró Violet y empezó a contar a esas terribles personas con los dedos—. Está el hombre de los garfios y el hombre calvo de la gran nariz, y ese que no parece ni hombre ni mujer.

—O a lo mejor esas dos espantosas mujeres de cara empolvada, las que le ayudaron a secuestrar a los Quagmire, son sus compañeras de piso —dijo Klaus.

—*Co* —dijo Sunny, que significaba algo así como «O a lo mejor Gunther ha conseguido engañar a otro de los residentes del número 667 de la avenida Oscura para que lo deje entrar en su piso y está sentado, ocultándose en la cocina».

—Si encontráramos a Gunther en el edificio —dijo Violet—, los Miseria sabrían al menos que es un mentiroso. Incluso si no creen que en realidad es el Conde Olaf, sospecharán de él si está oculto en otro piso.

—Pero ¿cómo vamos a encontrarlo? —preguntó Klaus—. No podemos ir llamando a todas las puertas y pedir que nos dejen mirar en todos los pisos.

—No tenemos que mirar en todos los pisos —corrigió Violet—. Podemos escucharlos.

Klaus y Sunny miraron a su hermana con cara de confusión durante un rato y luego empezaron a sonreír.

—¡Tienes razón! —exclamó Klaus—. Si vamos bajando por la escalera, escuchando en todas la puertas, podremos saber si Gunther está dentro.

—¡*Lorigo!* —chilló Sunny, lo que significaba «¿A qué estamos esperando? ¡Vamos allá!».

—No tan deprisa —dijo Klaus—. Hay un buen trecho de bajada por esa escalera y ya hemos caminado bastante, y gateado en tu caso, Sunny. Será mejor que nos pongamos nuestros zapatos más resistentes y que nos llevemos un par de calcetines de repuesto. Así evitaremos que nos salgan ampollas.

–Y deberíamos llevar un poco de agua –sugirió Violet– para no pasar sed.

–¡*Snack!* –chilló Sunny, y los huérfanos Baudelaire se pusieron manos a la obra; se quitaron
el pijama, se pusieron ropa apropiada para el
descenso por la escalera, se calzaron sus zapatos
más resistentes y se metieron un par de calcetines de recambio en el bolsillo. Cuando Violet y
Klaus se hubieron asegurado de que Sunny se
había atado bien los cordones, los niños salieron
de sus habitaciones y siguieron el rastro de migas
por el pasillo, a través del comedor, pasando por
dos habitaciones y por otro pasillo hasta llegar a
la cocina más cercana, mientras permanecían
juntos todo el tiempo para no perderse en el
enorme ático. En la cocina encontraron unas
uvas, una caja de galletas saladas y un tarro de
mermelada de manzana, además de una botella
de agua que los Miseria utilizaban para preparar
los martinis acuosos, pero que los Baudelaire
utilizarían para saciar la sed durante su largo
descenso. Al final, salieron del ático, pasaron

junto a las puertas correderas del ascensor y se detuvieron ante el inicio de la curvilínea escalera, con la sensación de que, en lugar de empezar a bajarla, iban a iniciar un ascenso alpino.

—Tendremos que andar de puntillas —dijo Violet— para poder escuchar a Gunther sin que él pueda oírnos a nosotros.

—Y seguramente tendremos que hablar susurrando —susurró Klaus— para poder escuchar a hurtadillas sin que la gente nos escuche a hurtadillas a nosotros.

—*Filaven* —dijo Sunny, lo que significaba «Empecemos», y los Baudelaire empezaron, bajando de puntillas por la primera curva de la escalera y escuchando a través de la puerta del piso que estaba justo debajo del ático. Durante unos segundos no oyeron nada, pero luego, con mucha claridad, oyeron a una mujer hablando por teléfono.

—Bueno, no es Gunther —susurró Violet—. Gunther no es una mujer.

Klaus y Sunny asintieron y los niños siguieron bajando de puntillas hasta la curva del piso siguiente. En cuanto llegaron a la puerta, se abrió de golpe y tras ella salió un hombre muy bajo con un traje de raya diplomática.

—¡Hasta pronto, Avery! —gritó, y, tras saludar con un gesto de la cabeza a los niños, cerró la puerta y empezó a bajar la escalera.

—Ese tampoco era Gunther —susurró Klaus—. No es tan bajo y no se hace llamar Avery.

Violet y Sunny asintieron, y los niños siguieron bajando de puntillas hasta la curva del piso siguiente. Se detuvieron a escuchar junto a la puerta y oyeron la voz de un hombre que decía: «Me voy a duchar, mamá», y Sunny sacudió la cabeza.

—*Mineak* —susurró, lo que significaba «Gunther jamás se ducharía. Es un guarro».

Violet y Klaus asintieron, y los niños bajaron hasta la curva del piso siguiente y luego hasta la del siguiente, y luego hasta la siguiente y hasta muchas más después, parándose a escuchar en todas las puertas, susurrándose frases cortas entre ellos y siguiendo adelante. A medida que bajaban por la escalera, empezaron a cansarse, como les ocurría siempre que se dirigían al piso de los Miseria, pero esta vez pasaron más apuros todavía. Tenían las puntas de los dedos de los pies doloridas de tanto andar de puntillas. Tenían la garganta cada vez más reseca de tanto hablar entre susurros. Les dolían los oídos de tanto escuchar a través de las puertas y tenían la barbilla floja de tanto asentir para expresar que estaban de acuerdo cuando oían a alguien que parecía Gunther. La mañana pasaba y los Baudelaire siguieron andando de puntillas y escuchando, susurrando y asintiendo, y cuando llegaron al vestíbulo del edificio, les dolía hasta el último rincón del cuerpo a causa del largo descenso.

—Ha sido agotador —se quejó Violet, sentándose en el último escalón mientras pasaba la botella de agua—. Agotador y nada fructífero.

—*¡Uva!* —exclamó Sunny.

—No, no, Sunny —dijo Violet—. No me refería a que no hemos comido fruta. Lo que quería decir es que no hemos sacado nada en limpio. ¿Crees que nos hemos dejado alguna puerta?

—No —dijo Klaus, sacudiendo la cabeza y pasando las galletas saladas—. Me he cerciorado de que no. Esta vez, incluso he contado el número de plantas, para que pudiéramos volver a revisarlas al subir. No son ni cuarenta y ocho ni ochenta y cuatro. Son sesenta y seis, que resulta ser la media de esas dos cifras. Sesenta y seis plantas y sesenta y seis puertas, y no hay ni rastro de Gunther tras ninguna de ellas.

—No lo entiendo —dijo Violet con desconsuelo—. Si no está en el ático ni en ninguno de los pisos, y no ha salido del edificio, ¿dónde puede estar?

—A lo mejor sí está en el ático —sugirió Klaus— y lo que ocurre es que no le hemos localizado.

—*Bichui* —dijo Sunny, queriendo decir «O a lo mejor está en uno de los pisos y lo que ocurre es que no le hemos oído».

—O a lo mejor sí ha salido del edificio —dijo Violet mientras untaba mermelada de manzana en una galleta salada y se la pasaba a Sunny—. Podemos preguntarle al portero. Ahí está.

En efecto, el portero estaba en su puesto habitual en la puerta y se acababa de dar cuenta de la presencia de los tres agotados niños sentados en el último escalón de la escalera.

—Hola —dijo mientras se acercaba hacia ellos y les sonreía desde debajo del ancha ala de su sombrero. Por las mangas le asomaba una pequeña estrella de mar tallada en madera y un tubo de pegamento—. Estaba a punto de poner este adorno marino cuando me ha parecido oír que alguien bajaba por la escalera.

—Se nos ha ocurrido que podríamos almorzar en el vestíbulo —dijo Violet, pues no quería admitir que sus hermanos y ella habían estado escuchando a través de las puertas— y volver a subir luego.

—Lo siento, pero eso quiere decir que tenéis prohibido volver a subir al ático —dijo el portero, y se encogió de hombros dentro de su enorme abrigo—. Tendréis que quedaros aquí en el vestíbulo. Al fin y al cabo, las instrucciones que me han dado han sido claras: no se puede volver al ático de los Miseria hasta que el invitado se haya marchado. Os dejé subir anoche porque el señor Miseria dijo que vuestro invitado seguramente estaría bajando, pero se equivocaba, porque Gunther no llegó a aparecer por el vestíbulo.

−¿Quiere decir que Gunther todavía no ha salido del edificio? −preguntó Violet.

−Por supuesto que no −dijo el portero−. Llevo aquí todo el día y toda la noche y no lo he visto irse. Os prometo que Gunther no ha salido por esta puerta.

−¿Cuándo duerme usted? −preguntó Klaus.

−Bebo mucho café −respondió el portero.

−Eso no tiene sentido −replicó Violet.

−Claro que lo tiene −refutó el portero−. El café tiene cafeína, que es un estimulante químico. Los estimulantes te mantienen despierto.

−No me refiero a lo del café −aclaró Violet−. Me refiero a lo de Gunther. Esmé, es decir, la señora Miseria, está segura de que se fue del ático anoche, mientras nosotros estábamos en el restaurante. Pero usted está igual de seguro de que no ha salido del edificio. Es un problema que parece no tener solución.

—Todos los problemas tienen solución —dijo el portero—. Por lo menos, eso es lo que dice un colega muy íntimo mío. Algunas veces cuesta mucho encontrar la solución, aunque la tengas delante de las narices.

El portero sonrió a los Baudelaire, que lo observaron mientras se dirigía hacia las puertas correderas del ascensor. Abrió el tubo de pegamento, puso una pequeña gota en una de las puertas y luego apretó la estrella de mar de madera sobre el pegamento para pegarla. Mirar cómo alguien pega cosas en una puerta no suele ser algo muy emocionante, así que después de un rato, Violet y Sunny volvieron a prestar atención al almuerzo y al problema de la desaparición de Gunther. Solo Klaus siguió mirando en dirección al portero, que continuaba decorando el vestíbulo. El mediano de los Baudelaire miró y miró y miró, y siguió mirando incluso cuando el pegamento se secó y el portero regresó a su puesto junto a la puerta. Klaus siguió observando el adorno marino que en ese momento ya estaba bien pegado a las puertas del ascensor, porque en ese instante se dio cuenta tras una agotadora mañana de búsqueda en el ático y una fatigosa tarde de escuchar a hurtadillas por la escalera, de que el portero estaba en lo cierto. Klaus no movió la cara, porque se dio cuenta de que, en realidad, tenía la solución delante de sus narices.

Cuando conoces a alguien desde hace mucho tiempo, te acostumbras a su idiosincrasia, que es una forma elegante de referirse a las costumbres únicas de alguien. Por ejemplo, Sunny Baudelaire conocía a su hermana, Violet, desde hacía bastante tiempo y estaba acostumbrada a que por su idiosincrasia se recogiera el pelo con un lazo para apartárselo de los ojos siempre que inventaba algo. Violet conocía a Sunny desde hacía exactamente el mismo tiempo y estaba acostumbrada a que, por su idiosincrasia, Sunny dijera: *¿Freiyip?* cuando quería preguntar «¿Cómo puedes pensar en ascensores en un momen-

to como este?». Y las dos mujeres Baudelaire co-
nocían bien a su hermano, Klaus, y estaban acos-
tumbradas a que, por su idiosincrasia, no presta-
ra ni una pizca de atención a lo que ocurría a su
alrededor cuando estaba muy concentrado pensando en algo, como sin duda alguna estaba haciendo en ese momento en que la tarde llegaba a
su fin.

El portero continuó insistiendo en que los
huérfanos Baudelaire no podían regresar al ático,
así que los tres niños se sentaron en el último escalón del largo hueco de la escalera del número
667 de la avenida Oscura, se comieron la comida
que habían llevado con ellos y dejaron reposar
sus agotadas piernas, que no habían estado tan
doloridas desde que Olaf, con un disfraz anterior, los había obligado a correr cientos y cientos
de vueltas como parte de su plan para despojar-
los de su fortuna. Algo bueno que se puede hacer
cuando uno está sentado, comiendo y descansa-
do, es mantener una conversación, y tanto Violet
como Sunny tenían muchas ganas de conversar

sobre la misteriosa aparición y desaparición de Gunther, y de lo que podían hacer al respecto, pero Klaus apenas participó en la discusión. Solo cuando sus hermanas le hacían una pregunta directa, como «Pero ¿dónde diantre puede estar Gunther?» o «¿Qué crees que planea Gunther?» o «¿*Topoing?*», Klaus murmuraba una respuesta, y Violet y Sunny pronto se dieron cuenta de que Klaus debía de estar muy concentrado pensando en algo, así que lo dejaron con su idiosincrasia y hablaron con tranquilidad entre ellas hasta que el portero acompañó a Jerome y a Esmé hasta el vestíbulo.

—Hola, Jerome —dijo Violet—. Hola, Esmé.

—¡*Tretchev!* —chilló Sunny, lo que significaba «¡Bienvenidos a casa!».

Klaus murmuró algo.

—¡Qué sorpresa veros a todos aquí abajo! —exclamó Jerome—. Será más fácil subir todos esos peldaños en vuestra encantadora compañía.

—Además, podéis llevar los cajones de refresco de perejil que están apilados ahí fuera —dijo

Esmé–. Así no tendré que preocuparme de que se me rompa una uña.

–Nos encantaría cargar con grandes cajones mientras subimos todos esos escalones –mintió Violet–, pero el portero dice que tenemos prohibido volver al ático.

–¿Prohibido? –preguntó Jerome con el entrecejo fruncido–. Pero ¿qué quieres decir?

–Me dio instrucciones específicas de no dejar que los niños volvieran a entrar, señora Miseria –recordó el portero–. Por lo menos, hasta que Gunther se hubiera ido del edificio. Y todavía no se ha ido.

–No seas ridículo –dijo Esmé–. Salió del ático anoche. ¿Qué clase de portero eres?

–En realidad, soy actor –respondió el portero–, pero aun así soy capaz de seguir sus instrucciones.

Esmé le dedicó al portero una mirada severa que seguramente utilizaba cuando trabajaba como asesora financiera.

–Las instrucciones han cambiado –dijo–. Tus

nuevas instrucciones son que dejes que los huérfanos y yo entremos directamente a mi piso de
setenta y una habitaciones. ¿Entendido, nene?

—Entendido —replicó dócilmente.

—Bien —dijo Esmé y luego volvió a dirigirse a
los niños—. Deprisa, niños —espetó—. Violet y
como-se-llame, coged cada uno una caja de refrescos, y Jerome llevará el resto. Supongo que el
bebé no nos será muy útil, aunque eso era de esperar. Pongámonos en marcha.

Los Baudelaire se pusieron en marcha y, en un
momento, los tres niños y los dos adultos iniciaron
la ascensión por la larga escalera de sesenta y seis
pisos. Los jóvenes esperaban que Esmé los ayuda-
ra a llevar las pesadas cajas de refresco, pero la sexta asesora financiera más importante de la ciudad
estaba mucho más interesada en contarles todo lo
que había ocurrido en su reunión con el rey de
Arizona que en complacer a unos huérfanos.

—Me habló de la lista de cosas nuevas que se
llevan —chilló Esmé—. En primer lugar, las uvas.
También los cuencos de desayuno de color azul

eléctrico, los carteles con fotografías de coma- drejas y muchas otras cosas que os enumeraré ahora mismo.

Durante toda la ascensión, Esmé enumeró las nuevas cosas que se llevaban que le había conta- do su alteza de Arizona, y las dos hermanas Bau- delaire no dejaron de escuchar con atención. No escuchaban con atención el estúpido parloteo de Esmé, por supuesto, sino que escuchaban con atención en cada curva de la escalera, volvien- do a realizar su escucha a hurtadillas en todas las puertas de los pisos. Ni Violet ni Sunny oye- ron nada sospechoso, y le habrían preguntado a Klaus, en voz muy bajita para que los Miseria no las escucharan, si había escuchado algún ruido que pudiera ser de Gunther, pero sabían por su idiosincrasia que todavía estaba muy concentra- do pensando en algo y que no estaba atento a los ruidos de los pisos como tampoco estaba atento a las ruedas de coche, el esquí de fondo, las pelí- culas donde salían cataratas y el resto de cosas sobre las que Esmé seguía parloteando.

—¡Oh, y el papel de pared de color magenta! —exclamó Esmé cuando los Baudelaire y los Miseria terminaron su cena de comida de moda, regada con refresco de perejil, que sabía incluso más asqueroso de lo que parecía—. Y marcos para fotos triangulares y volátiles blondas para fiestas y cubos de basura con estampado de letras del alfabeto, y...

—Disculpa —dijo Klaus, y sus hermanas se sobresaltaron. Era la primera vez que Klaus decía algo que no fuera un murmullo desde que estaban en el vestíbulo del edificio—. No pretendía interrumpirte, pero mis hermanas y yo estamos muy cansados. ¿Podemos irnos a dormir?

—Por supuesto —dijo Jerome—. Tenéis que descansar mucho para la subasta de mañana. Os llevaré al Salón Veblen a las diez y media en punto, así que...

—No, no los llevarás —corrigió Esmé—. Los clips amarillos se llevan, Jerome, así que, en cuanto salga el sol, tendrás que ir directo al barrio de las Papelerías y comprar unos cuantos. Yo llevaré a los niños.

—Vale, no quiero discutir —respondió Jerome, encogiéndose de hombros y dedicándoles a los niños una tímida sonrisa—. Esmé, ¿no quieres ir a arropar a los niños?

—No —respondió Esmé, ceñuda, mientras bebía refresco de perejil—. Estirar mantas sobre tres niños que se retuercen parece muy complicado para que pueda valer la pena. Nos veremos mañana, niños.

—Eso espero —deseó Violet, y bostezó. Sabía que Klaus había pedido retirarse para poder contarle a ella y a Sunny qué había estado pensando, aunque después de haber estado en vela durante toda la noche anterior, registrando todo el ático y tras haber bajado de puntillas todos esos peldaños y haberlos subido cargada con cajas de refrescos, la mayor de los Baudelaire estaba bastante cansada—. Buenas noches, Esmé. Buenas noches, Jerome.

—Buenas noches, niños —dijo Jerome—. Y, por favor, si os levantáis por la noche a comer algo, intentad no echar migas. Últimamente hay muchas migas por el ático.

Los huérfanos Baudelaire se miraron entre sí y sonrieron porque compartían un secreto.

–Lo sentimos –se disculpó Violet–. Mañana pasaremos la aspiradora si quieres.

–¡Aspiradoras! –exclamó Esmé–. Sabía que había algo más que se llevaba. Oh, y las pelotas de algodón y cualquier cosa que tenga fideos de chocolate por encima y...

Los Baudelaire no querían escuchar durante más tiempo la lista de Esmé, así que llevaron sus platos a la cocina más cercana y se dirigieron hacia el pasillo decorado con los cuernos de distintos animales, atravesaron una sala de estar, cinco baños, doblaron a la izquierda por otra cocina y al final llegaron a la habitación de Violet.

–Está bien, Klaus –le dijo Violet a su hermano, cuando los tres niños encontraron un rincón acogedor para su conversación–. Sé que has estado muy concentrado pensando en algo, porque has estado haciendo eso tan típico de ti de no prestar ni la más mínima atención a tu alrededor.

—Las costumbres típicas de una persona como esa son su idiosincrasia —explicó Klaus.

—*¡Estiblo!* —chilló Sunny, lo que significaba «Ya ampliaremos nuestro vocabulario más tarde, ahora dinos qué tienes en la cabeza».

—Lo siento, Sunny —se excusó Klaus—. Es que creo que se me ha ocurrido dónde podría estar escondido Gunther, pero no estoy seguro. Antes, Violet, necesito preguntarte algo. ¿Qué sabes sobre ascensores?

—¿Ascensores? —preguntó Violet—. Bastante, en realidad. Mi amigo Ben me regaló los planos de un ascensor por uno de mis cumpleaños y pude examinarlos a fondo. Se quemaron en el incendio, por supuesto, pero recuerdo que un ascensor es básicamente una plataforma, rodeada por una envoltura, que se mueve a lo largo de un eje vertical gracias a una interminable correa doblada y una serie de cuerdas y poleas. Se controla desde un tablero de mandos con botones, regulado por un sistema de frenado electromagnético para que la frecuencia de transporte se detenga en cualquier punto de acceso que desee el pasajero. En otras palabras, es una caja que sube y baja, dependiendo de adónde quieras ir. Pero ¿qué importa eso?

—¿*Freiyip?* —preguntó Sunny, que, como ya sabéis, era su idiosincrásica forma de decir «¿Cómo puedes pensar en los ascensores en un momento como este?».

—Bueno, fue el portero quien me hizo pensar en los ascensores —aclaró Klaus—. ¿Recordáis cuando dijo que a veces tienes la solución delante de tus narices? Bien, estaba pegando esa estrella de mar de madera en las puertas del ascensor justo cuando lo dijo.

—Yo también me fijé en eso —comentó Violet—. Era un poco fea.

—Sí que era fea —corroboró Klaus—. Pero no me refería a eso. Me puse a pensar en las puertas de los ascensores. Justo a la salida de este ático hay dos pares de puertas de ascensores. Pero en todos los demás pisos hay solo un par.

—Eso es cierto —admitió Violet— y es muy raro

ahora que lo pienso. Eso quiere decir que un ascensor solo puede parar en la última planta.

—¡*Yelliverc!* —exclamó Sunny, lo que significaba «¡Ese segundo ascensor es casi inservible!».

—No creo que sea inservible —dijo Klaus—, porque no creo que el ascensor esté realmente ahí.

—¿Cómo que no está realmente ahí? —preguntó Violet—. Pero, si fuera así, ¡solo habría un hueco de ascensor!

—¿*Middiou?* —preguntó Sunny.

—El hueco del ascensor es el sitio por donde el ascensor sube y baja —le explicó Violet a su hermana—. Es una especie de pasadizo, solo que va de arriba abajo, en lugar de un lado a otro.

—Y un pasadizo —dijo Klaus— podría conducir a un escondite.

—¡Ajá! —exclamó Sunny.

—Ajá, tienes razón —corroboró Klaus—. Pensadlo, si hubiera utilizado el hueco del ascensor en lugar de la escalera nadie averiguaría jamás dónde está. No creo que hayan cerrado el ascensor porque ya no se lleve. Creo que es el lugar donde se oculta Gunther.

—Pero ¿por qué se oculta? ¿Qué está tramando? —preguntó Violet.

—Esa es la parte que todavía no sé —admitió Klaus—, pero apuesto a que la respuesta puede estar detrás de esas dos puertas correderas. Vamos a echarle un vistazo a lo que hay detrás del segundo par de puertas. Si vemos las cuerdas y las demás cosas que has descrito, entonces sabremos que es un ascensor de verdad. Pero si no las vemos...

—Entonces sabremos que vamos por buen camino —concluyó Violet—. Vamos ahora mismo a comprobarlo.

—Si vamos ahora mismo —dijo Klaus—, tendremos que hacerlo muy callados. Los Miseria no permitirían que tres niños anduvieran asomando la cabeza por el hueco del ascensor.

—Vale la pena arriesgarse, si eso nos ayuda a descubrir el plan de Gunther —opinó Violet. Siento decir que arriesgarse no valió en absoluto la pena, pero los Baudelaire, por supuesto, no tenían forma de saberlo, así que simplemente asintieron y se dirigieron de puntillas hacia la salida del ático, mirando a hurtadillas en todas las habitaciones para ver si los Miseria estaban en algún sitio. Sin embargo, Jerome y Esmé debían de estar pasando la noche en alguna habitación de otra parte del piso, porque los Baudelaire no les vieron el pelo —aquí la expresión «no verles el pelo» quiere decir «no vieron ni rastro de la sexta asesora financiera más importante de la ciudad ni de su marido»— de camino a la puerta de entrada. Desearon que la puerta no chirriara al abrirla, pero al parecer estaban puestas las bisagras silenciosas, porque los Baudelaire no hicieron ningún ruido cuando salieron del piso y se dirigieron de puntillas hacia los dos pares de puertas de los ascensores.

—¿Cómo sabremos cuál es el ascensor que hay que mirar? —susurró Violet—. Las puertas son exactamente iguales.

—No había pensado en eso —contestó Klaus—.

Tiene que haber alguna forma de saber si una de ellas conduce a un pasadizo secreto.

Sunny tiró de las perneras de los pantalones de sus hermanos, que era una buena forma de llamar su atención sin hacer ruido, y cuando Violet y Klaus miraron hacia abajo para ver qué quería su hermana, ella les respondió de la misma forma silenciosa. Sin hablar, estiró uno de sus pequeños dedos y señaló los botones que estaban junto a los dos pares de puertas correderas. Junto a una de ellas había un solo botón, con una flecha pintada que señalaba hacia abajo. Sin embargo, junto al siguiente par de puertas, había dos botones: uno con una flecha que apuntaba hacia abajo y otro con una flecha que apuntaba hacia arriba. Los tres niños miraron los botones y pensaron.

—¿Para qué sirve el botón de subida —susurró Violet—, si ya estamos en el último piso? —Y sin querer esperar una respuesta se acercó y lo apretó. Con un ruido silencioso de deslizamiento, las puertas correderas se abrieron, y los niños se aproximaron con cuidado al umbral y soltaron un grito ahogado cuando vieron lo que había.

—*Lakry* —dijo Sunny, que significaba algo así como «No hay cuerdas».

—No solo no hay cuerdas —añadió Violet—; no hay poleas, ni correa interminable, ni panel de mandos de botones, ni sistema de frenado electromagnético. Ni siquiera veo una plataforma cerrada.

—¡Lo sabía! —exclamó Klaus, con una silenciosa emoción—. ¡Sabía que el ascensor era artificioso!

«Artificioso» quiere decir que una cosa simula ser algo que no es, como ocurrió cuando los Baudelaire estaban mirando el pasadizo secreto donde se suponía que había un ascensor, aunque la palabra «artificioso» también podría significar «el lugar más terrorífico que los Baudelaire habían visto jamás». Mientras los niños permanecían en el umbral de la puerta mirando el hueco del ascensor, fue como si estuvieran de pie al borde de un altísimo precipicio, mirando las vertiginosas profundidades que se abrían a sus pies. No obstante, lo que convertía esas profundidades en terroríficas y vertiginosas era su intensa oscuridad. El hueco era más parecido a una fosa que a un pasadizo, y conducía directamente a una tiniebla que no se parecía a nada que los jóvenes hubieran visto antes. Estaba más oscuro que la avenida Oscura el día en que llegaron. Estaba más oscuro que una pantera negra como el azabache, cubierta de alquitrán y comiendo regaliz negro en el mismísimo fondo de la parte más profunda del mar Negro. Los huérfanos Baudelaire jamás habían soñado con nada que pudiera ser así de negro, ni siquiera en sus más espantosas pesadillas, y mientras estaban al borde de esa fosa de inimaginable negrura, se sintieron como si el ascensor se los fuera a tragar de tal forma que no volverían a ver ni un rayo de luz jamás.

—Tenemos que bajar por ahí —dijo Violet, sin creer apenas lo que estaba diciendo.

–No estoy seguro de tener el valor para bajar por ahí –dijo Klaus–. Mira lo oscuro que está, es aterrador.

–*Prollit* –dijo Sunny, lo que significaba «Pero no tan aterrador como lo que Gunther nos hará si no descubrimos su plan».

–¿Por qué no le contamos esto a los Miseria? –preguntó Klaus–. Entonces, podrían bajar ellos por el pasadizo secreto.

–No tenemos tiempo de discutir con los Miseria –respondió Violet–. Cada minuto que desperdiciemos es un minuto que los Quagmire pasan en las garras de Gunther.

–Pero ¿cómo vamos a bajar? –preguntó Klaus–. No veo ninguna escalera, ni ninguna escala. No veo nada de nada.

–Tendremos que descender con una cuerda –anunció Violet–. Pero ¿dónde vamos a encontrar cuerdas a estas horas de la noche? La mayoría de las tiendas cierran a las seis.

–Los Miseria deben de tener una cuerda en alguna parte del ático –sugirió Klaus–. Vamos a dividirnos y a buscar una. Volveremos a encontrarnos aquí dentro de quince minutos.

Violet y Sunny estuvieron de acuerdo, y los Baudelaire se alejaron en silencio del hueco del ascensor y volvieron de puntillas al ático de los Miseria. Se sentían como ladrones mientras se dividían y empezaban a registrar el piso, aunque solo debe de haber habido cinco ladrones en la historia especializados en cuerdas. Estos cinco ladrones fueron atrapados y enviados a la cárcel, que es la razón por la cual muy poca gente guarda sus cuerdas en lugares seguros, aunque, para frustración de los Baudelaire, descubrieron que sus tutores no habían guardado sus cuerdas, por la simple razón de que no tenían ninguna.

–No he encontrado ninguna cuerda –admitió Violet al reencontrarse con sus hermanos–. Pero he encontrado estos alargadores, que podrían servir.

–Yo he cogido estos tiradores de las cortinas de una de las ventanas –dijo Klaus–. Se parecen un poco a las cuerdas, así que he pensado que podrían servir.

—*Armani* —ofreció Sunny, levantando un puñado de corbatas de Jerome.

—Bien, todos tenemos cuerdas artificiosas para nuestro descenso por el ascensor artificioso —dijo Violet—. Vamos a atarlas con la lengua del diablo.

—¿La lengua del diablo? —preguntó Klaus.

—Es el nombre de un nudo —explicó Violet—. Lo inventaron las piratas finlandesas en el siglo XV. Yo lo utilicé para fabricar una ganzúa cuando Olaf atrapó a Sunny en esa jaula; la descolgué desde la habitación de la torre. Ahora también funcionará. Necesitamos hacer una cuerda lo más larga posible, puesto que, por lo que sabemos, el pasadizo llega hasta la planta baja del edificio.

—Parece como si llegara hasta el mismísimo centro de la tierra —comentó Klaus—. Hemos pasado mucho tiempo intentando huir del Conde Olaf. No puedo creer que ahora estemos intentando encontrarlo.

—Yo tampoco —admitió Violet—. Si no fuera por los Quagmire, yo tampoco bajaría.

—*Bangemp* —les recordó Sunny a sus hermanos. Quería decir algo parecido a «Si no fuera por los Quagmire, estaríamos en sus garras hace mucho tiempo», y los dos Baudelaire mayores hicieron un gesto de asentimiento. Violet enseñó a sus hermanos cómo hacer la lengua del diablo, y los tres niños se apresuraron a anudar los alargadores a los tiradores de las cortinas, y los tiradores de las cortinas a las corbatas, y la última corbata al objeto más resistente que pudieron encontrar, que fue el pomo de la puerta del ático de los Miseria. Violet revisó el trabajo de sus hermanos y finalmente le dio un buen tirón a la cuerda, satisfecha.

—Creo que esto nos aguantará —afirmó—. Solo espero que sea lo bastante larga.

—¿Por qué no tiramos la cuerda por el hueco —preguntó Klaus— y escuchamos a ver si golpea contra el fondo? Entonces nos aseguraremos.

—Buena idea —respondió Violet, y se dirigió hacia el borde del pasadizo. Lanzó la punta del alargador que estaba en un extremo y los niños miraron cómo desaparecía en la oscuridad, llevándose el resto de la cuerda de los Baudelaire tras él. Los nudos de los alargadores y las corbatas no tardaron en desplegarse rápidamente como una larga serpiente que se retorcía y se deslizaba por el hueco, y los niños se inclinaron hacia delante cuanto se atrevieron y escucharon con toda la atención posible. Al final, oyeron un leve, levísimo, *clinc*, como si el alargador hubiera chocado contra un trozo de metal. Los tres huérfanos se miraron entre sí. La idea de descender toda esa distancia en la oscuridad, por una cuerda artificiosa que ellos mismos habían fabricado, los hizo desear dar media vuelta, correr de regreso a sus camas y taparse la cabeza con las mantas. Los hermanos permanecieron juntos al borde de ese oscuro y terrible lugar, y se preguntaron si realmente se atreverían a empezar el descenso. La cuerda de los Baudelaire había conseguido llegar hasta el fondo. Pero ¿lo conseguirían los niños?

–¿Estáis listas? –preguntó Klaus al final.

–No –respondió Sunny.

–Yo tampoco –dijo Violet–, pero si esperamos a estar listos, estaremos esperando el resto de nuestras vidas. Vamos.

Violet tiró de la cuerda una última vez y con cuidado, con mucho cuidado, empezó a descender por el pasadizo. Klaus y Sunny la vieron desaparecer en la oscuridad como si una gran, grandísima criatura hambrienta la hubiera engullido.

–Vamos –la escucharon susurrar desde la oscuridad–. Todo va bien.

Klaus se sopló las manos y Sunny se las sopló también, y los dos Baudelaire pequeños siguieron a su hermana en la cerrada oscuridad del hueco del ascensor y descubrieron que Violet no les había dicho la verdad. No iba bien. No iba ni medio bien. No iba ni una veintisieteava parte bien. El descenso por un pasadizo sombrío era como caer por un profundo agujero en el fondo de una fosa profunda sobre el suelo de una mazmorra cavada en las profundidades de la tierra, y era la situación que iba «menos bien» de todas las que habían atravesado los Baudelaire. Sus manos agarradas a la cuerda eran lo único que veían, porque aunque su vista se adaptó a la oscuridad, les daba miedo mirar a otra parte, sobre todo hacia abajo. El lejano *clinc* al final de la cuerda era el único sonido que escuchaban, porque los Baudelaire estaban demasiado asustados para hablar. Lo único que sentían era un terror estremecedor, tan profundo y oscuro como el pasadizo mismo, un terror tan hondo que desde que visité el número 667 de la avenida Oscura y vi la profunda fosa por la que descendieron los Baudelaire, duermo con cuatro luces encendidas. Aunque, durante mi visita, también vi lo que los huérfanos Baudelaire vieron cuando llegaron al fondo, tras descender durante más de tres aterradoras horas. Para entonces, la vista se les había adaptado a la oscuridad, y pudieron ver contra qué había chocado el extremo de su cuerda al producir ese leve *clinc*. El extremo más lejano del alargador rebotaba contra una pieza de metal, sí, contra una cerradura metálica. La cerradura estaba unida a una puerta metálica, y la puerta metálica estaba unida a una serie de barrotes metálicos que formaban una oxidada jaula metálica. En el momento en que mi investigación me condujo hasta ese túnel, la jaula estaba vacía y llevaba vacía bastante tiempo. Sin embargo, no estaba vacía cuando los Baudelaire llegaron hasta ella. Cuando llegaron al fondo de ese profundo y aterrador lugar, los huérfanos Baudelaire miraron el interior de la jaula y vieron los acurrucados y temblorosos cuerpos de Duncan e Isadora Quagmire.

—Estoy soñando —dijo Duncan Quagmire. Su voz era un ronco susurro de gran sorpresa—. Tengo que estar soñando.

—Pero ¿cómo vas a estar soñando —le preguntó Isadora— si yo estoy teniendo el mismo sueño?

—Una vez leí algo sobre una periodista —susurró Duncan— que era corresponsal de guerra. Fue capturada por el enemigo y estuvo en prisión durante tres años. Todas las mañanas miraba por la ventana de su celda y creía ver a sus abuelos que iban a rescatarla. Pero en realidad no estaban allí. Era una alucinación.

—Recuerdo haber leído algo sobre un poeta —comentó Isadora— que veía a seis hermosas doncellas todos los martes por la noche en su cocina, aunque, en realidad, la cocina estaba vacía.

—No —dijo Violet, y metió la mano entre los barrotes de la jaula. Los trillizos Quagmire se hicieron un ovillo en un rincón alejado, como si Violet fuera una araña venenosa en lugar de una amiga a la que no veían desde hacía mucho tiempo—. No es una alucinación. Soy yo, Violet Baudelaire.

—Y yo soy Klaus de verdad —dijo Klaus—. No soy un fantasma.

—¡*Sunny!* —exclamó Sunny.

Los huérfanos Baudelaire parpadearon en la oscuridad, entrecerrando los ojos para ver lo máximo posible. Ahora que ya no estaban colgando del extremo de una cuerda, podían echar un buen vistazo a la lúgubre estancia. Su largo descenso finalizó en una habitación diminuta y mugrienta con la única presencia de la oxidada jaula y el alargador que chocaba contra ella, aunque los Baudelaire vieron que el pasadizo continuaba por un largo pasillo lleno de giros y curvas, que se adentraba en la oscuridad. Los niños también les echaron un buen vistazo a los Quagmire y esa visión no fue menos lúgubre. Iban vestidos con harapos y tenían la cara tan sucia que los Baudelaire bien podrían no haberlos reconocido si los dos trillizos no hubieran estado sosteniendo los cuadernos que llevaban encima adondequiera que fueran. Sin embargo, no fue solo la suciedad de sus caras ni las ropas que llevaban lo que les daba a los Quagmire un aspecto tan distinto: era la mirada que tenían. Los trillizos Quagmire parecían agotados, parecían hambrientos y parecían muy, pero que muy asustados. Pero, sobre todo, Isadora y Duncan parecían embrujados. La palabra «embrujado», como estoy seguro de que ya sabéis, suele aplicarse a una casa, cementerio o supermercado habitado por fantasmas, pero la palabra también puede utilizarse para describir a personas que han visto u oído cosas tan terribles que se sienten como si hubiera fantasmas viviendo dentro de ellos que les llenan el cerebro y el corazón de tristeza y desesperación.

Los Quagmire tenían ese aspecto, y a los Baudelaire les partía el corazón ver a sus amigos tan desesperadamente tristes.

—¿De verdad sois vosotros? —preguntó Duncan, mirando a los Baudelaire con los ojos entrecerrados desde el fondo de la jaula—. ¿De verdad de verdad puede ser que seáis vosotros?

—Oh, sí —respondió Violet, y se dio cuenta de que se le estaban anegando los ojos de lágrimas.

—Son los Baudelaire de verdad —dijo Isadora, estirando la mano para tocar la de Violet—. No estamos soñando, Duncan. Están aquí de verdad.

Klaus y Sunny también se acercaron a la jaula, y Duncan salió de su rincón para acercarse a los Baudelaire tanto como pudo desde detrás de los barrotes. Los cinco niños se abrazaron con toda la fuerza que pudieron, entre risas y llantos, porque volvían a estar juntos de nuevo.

—¿Cómo diantre habéis sabido dónde estábamos? —preguntó Isadora—. Ni siquiera nosotros sabemos dónde estamos.

—Estáis en un pasadizo secreto en el interior del

número 667 de la avenida Oscura —respondió Klaus—, pero nosotros no sabíamos que estuvierais aquí. Estábamos intentando descubrir qué planea Gunther (así es como se hace llamar ahora Olaf), y nuestra búsqueda nos ha conducido hasta aquí abajo.

—Ya sé cómo se hace llamar —dijo Duncan— y sé qué está planeando. —Se estremeció y abrió su cuaderno, que según recordaban los Baudelaire era de color verde oscuro, aunque parecía negro en la oscuridad. Hasta el último minuto que hemos estado con él se lo ha pasado fanfarroneando sobre sus horribles planes y, cuando no estaba mirando, yo anotaba todo lo que nos contaba para que no se me olvidase. Aunque sea víctima de un secuestro, sigo siendo periodista.

—Yo sigo siendo poeta —dijo Isadora, y abrió su cuaderno, que según recordaban los Baudelaire era de color negro, aunque parecía incluso más negro en ese momento—. Escuchad esto:

Cuando el sol se ponga, el día de la subasta,
Gunther nos sacará a escondidas de esta casa.

—¿Cómo piensa hacerlo? —preguntó Violet—. La policía está informada de vuestro secuestro y está alerta.

—Lo sé —confirmó Duncan—. Gunther quiere sacarnos a escondidas de la ciudad y ocultarnos lejos, en una isla donde la policía no pueda encontrarnos. Nos mantendrá en la isla hasta que cumplamos la mayoría de edad y pueda arrebatarnos los zafiros Quagmire. En cuanto tenga nuestra fortuna, según dice, nos cogerá y...

—No lo digas —gritó Isadora, tapándose los oídos—. Nos ha dicho muchas cosas horribles. No puedo soportar volver a oírlas.

—No te preocupes, Isadora —la consoló Klaus—. Alertaremos a las autoridades, y ellos lo arrestarán antes de que pueda hacer nada.

—Pero ya es casi demasiado tarde —dijo Duncan—. La Subasta In es mañana por la mañana.

Nos va a ocultar dentro de uno de los objetos y uno de sus compinches hará la puja más alta.

—¿Qué objeto? —preguntó Violet.

Duncan pasó las hojas de su cuaderno y abrió bien los ojos para releer algunas de las horribles cosas que Gunther había dicho.

—No lo sé —respondió—. Nos ha contado tantos secretos inquietantes, Violet... Nos ha contado tantos planes horribles, todas las maldades que ha cometido en el pasado y todas las que planea cometer en el futuro. Está todo en este cuaderno, desde lo de V.B.F. hasta su terrible plan de la subasta.

—Tendremos mucho tiempo para hablar de todo eso —dijo Klaus—, pero mientras tanto, vamos a sacaros de esta jaula antes de que vuelva Gunther. Violet, ¿crees que podrás abrir esta cerradura?

Violet cogió la cerradura entre sus manos y la miró con los ojos entornados en la oscuridad.

—Es bastante difícil —admitió—. Como logré abrir su maleta cuando vivíamos con el tío Monty, Gunther debe de haberse comprado un par de cerraduras superdifíciles de abrir. Si tuviera herramientas, tal vez podría inventar algo, pero aquí abajo no hay nada de nada.

—¿*Aguen?* —preguntó Sunny, queriendo decir algo así como «¿Podrías serrar los barrotes de la jaula?».

—Nada de sierras —dijo Violet, con una voz tan baja que pareció como si hubiera estado hablando para sí misma—. No tengo tiempo de fabricar una sierra. Pero a lo mejor... —Su voz se fue apagando, pero el resto de niños pudieron ver en la oscuridad que se estaba atando el pelo con un lazo para apartárselo de los ojos.

—¡Mira, Duncan —exclamó Isadora—, está pensando en un invento! ¡Saldremos de aquí en un plis-plas!

—Todas las noches desde que nos secuestraron —confesó Duncan— hemos soñado con el día en que pudiéramos ver a Violet Baudelaire inventar algo que sirviera para rescatarnos.

—Para rescataros —dijo Violet, pensando frenéticamente—, mis hermanos y yo tenemos que volver a subir al ático enseguida.

Isadora miró con nerviosismo la oscura y diminuta habitación.

—¿Nos vais a dejar solos? —preguntó.

—Para inventar algo que os saque de esa jaula —respondió Violet— necesito toda la ayuda que pueda conseguir, así que Klaus y Sunny tendrán que acompañarme. Sunny, empieza a subir. Klaus y yo iremos justo detrás de ti.

—*Nosierra* —dijo Sunny, lo que significaba «Sí, señora», y Klaus la levantó hasta el extremo de la cuerda para que pudiera iniciar el largo y oscuro ascenso hasta el piso de los Miseria. Klaus empezó a subir justo detrás de ella, y Violet juntó las manos con las de sus amigos.

—Volveremos tan pronto como podamos —prometió—. No os preocupéis, amigos Quagmire. Estaréis fuera de peligro antes de que os queráis dar cuenta.

—Por si esto sale mal —dijo Duncan, pasando una hoja de su cuaderno—, como ocurrió la última vez, deja que te diga...

Violet le puso a Duncan el dedo en la boca.

—¡Chist! —dijo—. Nada saldrá mal esta vez. Te lo juro.

—Pero si sale mal —dijo Duncan—, deberías saber lo de V.B.F. antes de que empiece la subasta.

—No me lo cuentes ahora —dijo Violet—. No tenemos tiempo que perder. Nos lo puedes contar cuando estemos sanos y salvos. —La mayor de los Baudelaire cogió el extremo del alargador y empezó a seguir a sus hermanos—. Hasta pronto —les gritó desde arriba a los Quagmire, que empezaron a desaparecer en la oscuridad en cuanto inició su ascensión—. Hasta pronto —repitió, justo cuando los perdió de vista.

La ascensión por el pasadizo secreto fue mucho más agotadora, aunque mucho menos aterradora, simplemente porque sabían lo que encontrarían en el otro extremo de la cuerda artificiosa. Durante su camino de descenso por el hueco del ascensor, los Baudelaire no tenían ni idea de lo que les estaría esperando al final de un viaje tan oscuro y cavernoso, pero Violet, Klaus y Sunny sí sabían que las setenta y una habitaciones del ático de los Miseria en su totalidad estarían arriba. Serían esas habitaciones —junto con los comedores, las salas de cena, las salas de desayuno, las salas de aperitivo, las salas de estar, las salas de baile, los baños, las cocinas y la variedad de habitaciones que aparentemente no servían para nada— las que los ayudarían a rescatar a los Quagmire.

—Escuchadme —les dijo Violet a sus hermanos, cuando ya llevaban subiendo unos minutos—. Cuando lleguemos arriba, quiero que los dos registréis el ático.

—¿Qué? —preguntó Klaus, mirando a su hermana, que se encontraba debajo de él—. Ya lo registramos ayer, ¿recuerdas?

—No quiero registrarlo para encontrar a Gunther —respondió Violet—. Quiero registrarlo para encontrar objetos de acero alargados y delgados.

—¿*Agoula?* —preguntó Sunny, lo que significaba «¿Para qué?».

—Creo que la forma más fácil de sacar a los Quagmire de esa jaula será fundiendo el acero

—comentó Violet—. Fundir el acero quiere decir usar algo muy caliente para derretir el metal. Si fundimos un par de barrotes de la jaula, podemos hacer una puerta y sacar a Duncan y a Isadora de ahí dentro.

—Es una buena idea —admitió Klaus—. Pero creo que para fundir el acero se necesita un equipo muy complicado.

—Normalmente así es —afirmó Violet—. En una situación normal de fundición, utilizaría un soplete, que es un aparato que emite una llama muy pequeña para fundir el metal. Pero los Miseria no tienen soplete; es una herramienta, y las herramientas no se llevan. Así que voy a inventar otro método. Cuando encontréis los objetos alargados y delgados de acero, reuníos conmigo en la cocina que esté más cerca de la puerta principal.

—*Selrep* —dijo Sunny, que quería decir algo así como «Esa es la que tiene el horno de color azul eléctrico».

—Exacto —dijo Violet—, y yo voy a utilizar ese horno de color azul eléctrico para calentar esos objetos de acero tanto como pueda. Cuando estén muy, pero que muy calientes, los llevaremos hasta abajo y los utilizaremos para fundir los barrotes.

—¿Seguirán estando lo bastante calientes para que funcione, después de un descenso tan largo? —preguntó Klaus.

—Más vale que así sea —respondió Violet con gravedad—. Es nuestra única esperanza.

Escuchar la frase «nuestra única esperanza» siempre te pone ansioso, porque significa que si la única esperanza no funciona, no queda nada, y no resulta agradable imaginar eso, pese a lo cierto que pueda ser. Los tres Baudelaire se sintieron ansiosos por el hecho de que el invento de Violet fuera su única esperanza de rescatar a los Quagmire, y durante el resto de la ascensión por el hueco del ascensor permanecieron muy callados, porque no querían pensar en lo que les ocurriría a Duncan y a Isadora si esa única esperanza no funcionaba. Al final, empezaron a ver la tenue luz procedente de las puertas correderas abiertas, hasta que por fin llegaron de nuevo a la puerta principal del piso de los Miseria.

—Recordad —susurró Violet—, objetos de acero alargados y delgados. No podemos utilizar bronce ni plata ni oro, porque esos metales se fundirían en el horno. Os veré en la cocina.

Los Baudelaire pequeños asintieron con solemnidad y siguieron dos rastros distintos de miguitas de pan en direcciones opuestas, mientras Violet se dirigía directamente a la cocina donde estaba el horno de color azul eléctrico y miraba a su alrededor con inseguridad. La cocina nunca había sido su fuerte —una expresión que aquí significa «algo que no sabía hacer muy bien, salvo para preparar una tostada, y a veces ni siquiera podía hacer eso sin convertirla en chamusquina»— y estaba un poco nerviosa, ya que iba a utilizar el horno sin la supervisión de un adulto. Sin embargo, luego pensó en todas las cosas que había hecho últimamente sin la supervisión de un adulto —esparcir miguitas de pan por el suelo, comer mermelada de manzana, descender por el

hueco de un ascensor agarrada a una cuerda artificiosa hecha con alargadores, tiradores de cortina y corbatas anudados con la lengua del diablo—
y su decisión se reafirmó. Subió la temperatura
del horno al máximo, 260 grados Celsius, y después, mientras el horno se calentaba poco a
poco, empezó a abrir y cerrar con cuidado los cajones de la cocina, en busca de tres resistentes
manoplas para el horno. Las manoplas, como
con seguridad ya sabréis, son accesorios de cocina que sirven de guantes de protección para poder coger objetos que te quemarían los dedos si
los tocases directamente. Violet se dio cuenta de
que los Baudelaire tendrían que utilizar manoplas una vez que los objetos alargados y delgados
estuvieran lo bastante calientes como para ser
utilizados como sopletes para fundir el metal.
Justo cuando sus hermanos entraron en la cocina, Violet encontró tres manoplas estampadas
con la tipografía elegante y llena de florituras de
la Boutique In, metidas en el fondo del noveno
cajón que había abierto.

—Nos ha tocado la lotería —susurró Klaus, y Sunny asintió con la cabeza. Los dos Baudelaire pequeños utilizaron una expresión que aquí significa «Mira estas tenacillas para el fuego, ¡son perfectas!», y tenían muchísima razón—. En algún momento, las chimeneas debieron de estar de moda —explicó Klaus mientras levantaba tres alargados y delgados pedazos de acero—, porque Sunny se ha acordado del comedor con seis chimeneas, entre la sala de baile con las paredes verdes y el baño con ese lavabo tan divertido. Junto a las chimeneas estaban los atizadores, ya sabes, esos objetos alargados de acero que la gente utiliza para mover los troncos y así mantener encendido el fuego. He supuesto que si podían tocar leños ardiendo, podrían resistir un horno caliente.

—Sí que os ha tocado la lotería —afirmó Violet—. Los atizadores son perfectos. Ahora, cuando abra la puerta del horno, métulos dentro, Klaus. Sunny, atrás. Los bebés no deben acercarse a los hornos calientes.

—*Praguotel* —dijo Sunny. Quería decir algo así como «Los niños mayores tampoco deberían estar cerca de un horno caliente, sobre todo sin la supervisión de un adulto», pero entendía que se trataba de una emergencia y gateó hasta la otra punta de la cocina, desde donde podía observar a salvo cómo sus hermanos mayores metían los alargados y delgados atizadores en el horno caliente. Al igual que la mayoría de los hornos, el horno de color azul eléctrico de los Miseria estaba diseñado para cocinar pasteles y guisos, no atizadores, y fue imposible cerrar la puerta con los alargados objetos de acero dentro. Así que, mientras los huérfanos Baudelaire esperaban a que los objetos de acero se calentasen hasta convertirse en sopletes, la cocina también se calentó, puesto que parte del aire caliente del horno se escapaba por la puerta abierta. Cuando Klaus preguntó si los sopletes ya estaban listos, la cocina no solo tenía un horno, sino que parecía uno.

—Todavía no —respondió Violet, mirando con cuidado por la puerta entreabierta—. Las puntas de los atizadores están empezando a ponerse amarillas con el calor. Necesitamos que se pongan blancas, para que el calor dure unos minutos más.

—Estoy nervioso —confesó Klaus, y luego se corrigió—; quiero decir que estoy ansioso. No me gusta que los Quagmire estén ahí abajo, solos.

—Yo también estoy ansiosa —admitió Violet—, pero lo único que podemos hacer es esperar. Si sacamos el acero del horno ahora, no nos servirá para nada cuando lleguemos hasta la jaula de ahí abajo.

Klaus y Sunny suspiraron, aunque hicieron un gesto de asentimiento y se sentaron a esperar a que los atizadores estuvieran listos. Mientras esperaban, les dio la sensación de que esa cocina en particular estaba siendo remodelada ante sus propios ojos. Cuando los Baudelaire habían registrado el piso para averiguar si Gunther estaba escondido allí, habían dejado un rastro de miguitas en una serie de habitaciones, comedores, salas de cena, salas de desayuno, salas de aperitivo, salas de estar, recibidores, despachos, baños, salas de baile y cocinas, así como en esas habitaciones que aparentemente no servían para nada, aunque el único tipo de sala que faltaba en el ático de los Miseria era la sala de espera. Las salas de espera, como estoy seguro de que sabréis, son pequeñas habitaciones para esperar llenas de sillas, de pilas de tontas revistas atrasadas para leer y algunos cuadros insulsos para mirar —la palabra «insulso» quiere decir «por lo general, contiene caballos en medio del campo o cachorros de perro metidos en una cesta»— mientras soportas el aburrimiento que los médicos y dentistas infligen a sus pacientes antes de pincharlos y darles codazos, y hacerles todas esas cosas miserables que les pagan por hacer. Es muy extraño tener una sala de espera en casa, porque incluso una casa tan enorme como la de los Miseria no tenía una consulta de médico ni de dentista, y también porque las salas de espera son tan poco interesantes que jamás desearías que hubiera una en el lugar donde vives. Sin duda, los Baudelaire jamás habían deseado que los Miseria tuvieran una sala de espera en su ático, pero mientras estaban sentados y esperando a que el invento de Violet estuviera listo para ser utilizado, tuvieron la sensación de que las salas de espera se llevaban y de que Esmé había ordenado que se construyera una ahí mismo, en la cocina. Los armarios de la cocina no tenían caballos pintados en un campo ni cachorros de perro metidos en una cesta, y no había artículos de revistas tontas y atrasadas sobre el horno de color azul eléctrico. Sin embargo, mientras los niños esperaban a que los objetos de acero pasaran del amarillo al naranja, luego al rojo y luego se fueran calentando cada vez más, sintieron el mismo nerviosismo ansioso que cuando estaban esperando a un médico profesional.

Al final, los atizadores se volvieron blancos por el calor y estuvieron listos para actuar como sopletes y fundir los gruesos barrotes de la jaula. Violet pasó una manopla a cada uno de sus hermanos y a continuación se puso la otra para sacar con cuidado los atizadores del horno.

—Aguantadlos con mucho, muchísimo cuidado —ordenó, y les entregó a cada uno de sus hermanos un soplete artificioso—. Están lo bastante calientes como para fundir metal, así que imaginad lo que podrían haceros si los tocáis. Aunque estoy segura de que podremos conseguirlo.

—Esta vez será más difícil bajar —dijo Klaus mientras seguía a sus hermanas hasta la puerta principal del ático. Llevaba su atizador bien levantado, como si fuera una antorcha en lugar de un soplete, y no apartaba la mirada de la parte blanca y caliente para no rozar a nadie con ella—. Tendremos que dejar una mano libre para aguantar el soplete. Pero estoy seguro de que lo conseguiremos.

—Zelestin —dijo Sunny cuando los niños llegaron a las puertas correderas del ascensor artificioso. Quería decir algo así como «Será terrorífico volver a descender por ese pasadizo horrible de nuevo», pero después de decir Zelestin añadió: «Enipy», que quería decir «Estoy segura de que lo conseguiremos», y la pequeña de los Baudelaire estaba tan segura como sus hermanos. Los tres niños se quedaron de pie en el borde del oscuro túnel, pero no esperaron a reunir valor, como habían hecho antes de su primer descenso por el enorme hueco. Los sopletes para fundir el acero estaban calientes, tal como Violet había dicho, y bajar sería duro, tal como Klaus había dicho, y el descenso sería terrorífico, tal como Sunny había dicho, pero los hermanos se miraron entre sí y supieron que podrían conseguirlo. Los trillizos Quagmire contaban con ellos, y los huérfanos Baudelaire estaban seguros de que, al fin y al cabo, esa última esperanza podía funcionar.

Nueve

Uno de los grandes mitos del mundo —y
la expresión «grandes mitos del mundo»
no es más que una forma elegante de decir «mentiras muy gordas»— es que las cosas problemáticas son menos problemáticas cuanto más pases por ellas. La gente
habla de este mito cuando se les enseña a
los niños a montar en bicicleta, por ejemplo, como si caerse de la bici y despelle-
jarse las rodillas fuera menos problemático la decimocuarta vez que te ocurre
que la primera. La verdad es que

las cosas problemáticas siguen siéndolo siempre sin importar cuántas veces pases por ellas, y deberíais evitar pasar por ellas a menos que se trate de algo muy urgente.

Claro está que era muy urgente para los huérfanos Baudelaire realizar otro descenso de tres horas por la terrible oscuridad del hueco del ascensor. Los niños sabían que los trillizos Quagmire estaban en grave peligro y que utilizar el invento de Violet para fundir los barrotes de la jaula era la única forma de que sus amigos pudieran escapar antes de que Gunther los ocultara en el interior de uno de los objetos de la Subasta In y los sacase a escondidas de la ciudad. Aunque siento decir que la gran urgencia del segundo descenso de los hermanos Baudelaire no la convertía en algo menos problemático. El pasadizo seguía estando tan oscuro como una tableta de chocolate extra negro colocada en un planetario y cubierta con una gruesa manta de color negro, pese al tenue brillo de las puntas blancas de los atizadores. Además, la sensación de estar bajando por el hueco del ascensor seguía siendo igual a la de un descenso por las hambrientas fauces de alguna criatura horrible. Cuando oyeron el *clinc* del último alargador de la cuerda al chocar contra la jaula que les servía de orientación, los tres hermanos se agarraron a la cuerda artificiosa con una mano mientras con la otra sostenían los sopletes. El descenso hasta la diminuta y mugrienta habitación donde estaban atrapados los trillizos seguía sin estar ni una veintisieteava parte bien.

Sin embargo, la espantosa repetición del problemático descenso de los Baudelaire parecía enana en comparación con la siniestra sorpresa con la que se encontraron abajo, una sorpresa tan terrible que los tres hermanos simplemente se negaban a creerla. Violet llegó al final del último alargador y pensó que era una alucinación. Klaus se quedó mirando la jaula y pensó que debía de ser un espectro. Y Sunny miró entre los barrotes y rezó para que se tratara de la suma de las dos posibilidades. Los niños miraron la diminuta y mugrienta habitación y miraron la jaula, aunque les costó varios minutos creer que los Quagmire ya no estaban dentro.

–¡Han desaparecido! –exclamó Violet–. ¡Han desparecido, y es todo culpa mía! –Tiró el soplete a un rincón de la diminuta habitación y este impactó contra el suelo. Se volvió hacia sus hermanos y ellos pudieron ver, gracias al tenue brillo de sus atizadores, que su hermana mayor estaba empezando a llorar–. Se suponía que mi invento tenía que salvarlos –se lamentó–, y ahora Gunther ha vuelto a llevárselos. Soy una inventora espantosa y una amiga horrible.

Klaus tiró su soplete al rincón y le dio a su hermana un abrazo.

–Eres la mejor inventora que conozco –dijo– y tu invento es bueno. Escucha cómo chisporrotean esos sopletes. Lo que pasa es que no era el momento oportuno para tu invento, eso es todo.

–¿Qué quiere decir eso? –preguntó Violet con tristeza.

Sunny tiró su soplete al rincón y se quitó la

manopla para poder darle unos golpecitos de consuelo a su hermana en el tobillo.

—*Noque, noque* —dijo, lo que quería decir «Venga, venga».

—Lo que quiere decir —explicó Klaus— es que has inventado algo que no era útil en esta ocasión en particular. No es culpa tuya que no los hayamos rescatado; la culpa es de Gunther.

—Supongo que ya lo sé —dijo Violet, secándose los ojos—. Pero es que me entristece que no fuera el momento oportuno para mi invento. ¿Quién sabe si volveremos a ver a nuestros amigos?

—Los volveremos a ver —aseguró Klaus—. Solo porque no sea el momento oportuno para tus habilidades como inventora, no quiere decir que no sea el momento adecuado para mis habilidades como investigador.

—*Duestall* —dijo Sunny, lo que quería decir «Ni toda la investigación del mundo puede ayudar ahora a Duncan y a Isadora».

—Ahí es donde te equivocas, Sunny —replicó

Klaus–. Puede que Gunther se los haya llevado, pero sabemos dónde se los lleva: al Salón Veblen. Va a esconderlos en uno de los objetos de la Subasta In, ¿recordáis?

–Sí –respondió Violet–, pero ¿en cuál?

–Si volvemos a subir al ático –sugirió Klaus– y vamos a la biblioteca de los Miseria, creo que podré averiguarlo.

–*Meotze* –dijo Sunny, lo que quería decir «Pero la biblioteca de los Miseria solo tiene esa colección de libros esnobs que hablan de lo que se lleva y lo que no se lleva».

–Te olvidas de la reciente incorporación a la biblioteca –dijo Klaus–. Esmé nos contó que Gunther había dejado una copia del catálogo de la Subasta In allí, ¿recuerdas? Si planea esconder a los Quagmire en algún sitio, ese sitio estará en la lista del catálogo. Si logramos averiguar en qué objeto están escondidos...

–Podremos sacarlos de allí –finalizó Violet–, antes de que él puje por ellos. ¡Es una idea brillante, Klaus!

—Es tan brillante como inventar unos sopletes —admitió Klaus—. Aunque espero que sea el momento oportuno para esta idea.

—Yo también —dijo Violet—. Después de todo, es nuestra única...

—*Vinung* —dijo Sunny, lo que significaba «No lo digas». Su hermana asintió con la cabeza. No servía para nada decir que era su única esperanza y que se sintieran tan ansiosos como se habían sentido antes. Así que, sin decir más, los Baudelaire volvieron a agarrarse de la cuerda artesanal y volvieron a subir hasta el ático de los Miseria. La oscuridad volvía a cernirse sobre ellos y los niños empezaron a sentirse como si hubieran pasado la vida entera en esa fosa profunda y sombría, en lugar de en una variedad de lugares que iban desde un aserradero en Paltryville a una cueva a orillas del lago Lacrimógeno, pasando por la mansión de los Baudelaire, cuyos carbonizados restos se encontraban a unas manzanas de la avenida Oscura. Sin embargo, más que pensar en todos los lugares sombríos del pasado o en el sombrío lugar por el que estaban ascendiendo en ese momento, los tres hermanos intentaron concentrarse en los lugares más luminosos del futuro. Pensaban en el piso del ático, que se acercaba cada vez más a medida que ascendían. Pensaban en la biblioteca de los Miseria, donde podía encontrarse la información necesaria para frustrar el plan de Gunther. Y pensaban en las épocas gloriosas que todavía estaban por llegar, en las que los Baudelaire y los Quagmire podrían disfrutar de su amistad sin la detestable sombra del mal y la codicia que se cernía sobre ellos en ese momento. Los huérfanos Baudelaire intentaron seguir pensando en esas cosas positivas sobre el futuro mientras ascendían por el sombrío hueco del ascensor, y cuando llegaron a las puertas correderas tenían la sensación de que tal vez esa época gloriosa no tardase tanto en llegar.

—Debe de estar a punto de amanecer —dijo Violet, mientras ayudaba a Sunny a salir por las puertas del ascensor—. Será mejor que desatemos la cuerda del pomo de la puerta y que cerremos estas puertas, si no los Miseria verán lo que hemos estado haciendo.

—¿Y por qué no iban a verlo? —preguntó Klaus—. Si lo vieran, a lo mejor creerían lo que decimos sobre Gunther.

—Nadie cree lo que decimos sobre Gunther ni sobre ninguno de los disfraces de Olaf —recordó Violet—, a menos que tengamos alguna prueba. Lo único que tenemos ahora es un ascensor artificioso, una jaula vacía y tres atizadores enfriándose. Eso no prueba nada.

—Supongo que tienes razón —admitió Klaus—. Bueno, ¿por qué no os dedicáis vosotras a deshacer la cuerda? Yo iré directamente a la biblioteca y empezaré a leer el catálogo.

—Buen plan —reconoció Violet.

—¡*Reaujop!* —exclamó Sunny, lo que quería decir «¡Y buena suerte!». Klaus abrió sin hacer ruido la puerta del ático y entró, y las hermanas Baudelaire empezaron a tirar de la cuerda para sacarla del hueco del ascensor. El extremo del último alargador no paraba de chocar contra las paredes del pasadizo mientras Sunny tiraba de la cuerda artificiosa hasta que quedó reducida a una bobina de alargadores, tiradores de cortina y corbatas elegantes. Violet desató el último nudo doble para soltar la cuerda del pomo de la puerta y se volvió hacia su hermana.

—Vamos a meter esto debajo de la cama, por si lo necesitamos más adelante. De todas formas, la habitación está de camino a la biblioteca.

—*Yallrel* —añadió Sunny, lo que significaba «Y vamos a cerrar las puertas correderas para que los Miseria no vean que nos hemos asomado al hueco del ascensor».

—Buena idea —dijo Violet, y apretó el botón de subida. Las puertas volvieron a cerrarse y después de echar un buen vistazo a su alrededor para asegurarse de que no se habían dejado nada, las dos Baudelaire se dirigieron hacia el ático y siguieron el rastro de miguitas de pan que atravesaba la sala del desayuno, el pasillo, el despacho y otro pasillo hasta llegar finalmente a la habitación de Violet, donde metieron la cuerda artificiosa debajo de la cama. Estaban a punto de emprender el camino hacia la biblioteca cuando Sunny vio una nota que alguien había puesto sobre la almohada supermullida de Violet.

–«Querida Violet –leyó Violet–: Esta mañana no os he encontrado ni a tus hermanos ni a ti para despedirme. He tenido que irme a primera hora para comprar clips amarillos antes de dirigirme hacia la Subasta In. Esmé os llevará al Salón Veblen a las diez y media en punto, así que estad listos, o se molestará mucho. ¡Hasta entonces! Atentamente, Jerome Miseria.»

–¡Huy! –exclamó Sunny, señalando al más cercano de los 612 relojes que tenían los Miseria.

–¡Huy!, tienes razón –dijo Violet–. Ya son las diez en punto. La ascensión y el descenso por el hueco del ascensor nos ha llevado más tiempo del que había imaginado.

–*Gruech* –añadió Sunny, que quería decir algo parecido a «Por no hablar de lo que ha costado fabricar esos sopletes».

–Será mejor que vayamos a la biblioteca enseguida –dijo Violet–. A lo mejor podemos ayudar a Klaus para que acelere el proceso de investigación.

Sunny asintió con la cabeza y las dos hermanas se dirigieron por el pasillo hasta la biblioteca de los Miseria. Desde que Jerome las había llevado allí por primera vez, Violet y Sunny apenas habían estado dentro, aunque tampoco parecía que nadie la utilizase demasiado. Una buena biblioteca nunca está demasiado ordenada ni demasiado polvorienta, porque siempre hay alguien allí que saca libros de las estanterías y se queda despierto hasta tarde para leerlos. Incluso las bibliotecas que no eran del gusto de los Baudelaire –la biblioteca de la tía Josephine, por ejemplo, porque solo tenía libros de gramática– eran lugares agradables en los que pasar el rato, porque los propietarios de las bibliotecas las utilizaban mucho. Sin embargo, la biblioteca de los Miseria estaba demasiado ordenada y polvorienta. Todos los estúpidos libros sobre lo que se llevaba y lo que no se llevaba estaban colocados en las estanterías en filas ordenadas, con capas de polvo encima, como si no los hubieran tocado desde que los colocaron allí por primera vez. Las hermanas Baudelaire se sintieron algo tristes al ver todos esos libros que nadie había leído y en los que nadie se había fijado, como perros callejeros o niños perdidos que nadie quiere llevarse a casa. La única señal de vida en la biblioteca era su hermano, que estaba leyendo el catálogo con tanta concentración que no levantó la vista hasta que sus hermanas se situaron junto a él.

—Odio tener que interrumpirte cuando estás investigando —confesó Violet—, pero había una nota de Jerome sobre mi almohada. Esmé nos va a llevar al Salón Veblen a las diez y media en punto, y ya son más de las diez. ¿Podemos ayudarte de alguna forma?

—No veo cómo —dijo Klaus, con mirada preocupada tras las gafas—. Solo hay una copia del catálogo y leerlo es bastante complicado. Cada objeto recibe el nombre de lote, y el catálogo tiene una lista de todos los lotes con una descripción y un cálculo aproximado de la puja más alta. Acabo de leer el lote número 49, que es un valioso sello de correos.

–Bien, Gunther no puede esconder a los Quagmire en un sello de correos –dijo Violet–. Puedes saltarte ese lote.

–Me he estado saltando un montón de lotes –dijo Klaus–; aun así no estoy más próximo a adivinar dónde estarán los trillizos. ¿Los esconderá Gunther en el lote número 14, un globo enorme? ¿Los esconderá bajo la tapa del lote número 15, un exclusivo y valioso piano? ¿Los esconderá en el lote número 48, una enorme escultura de un arenque ahumado que despide una cortina de humo? –Klaus se calló y volvió la página del catálogo–. ¿O los esconderá en el lote número 50, que es...?

Klaus terminó la frase con un grito ahogado, aunque sus hermanas supieron de inmediato que no quería decir que el quincuagésimo lote vendido en la Subasta In fuera una profunda inspiración. Lo que quería decir es que había descubierto algo asombroso en el catálogo, y las niñas se inclinaron hacia delante para leer por encima del hombro de su hermano de qué se trataba.

—No puedo creerlo —admitió Violet—. Es que no puedo creerlo.

—*Tumsk* —dijo Sunny, que significaba algo así como «Aquí debe de ser donde los Quagmire estarán escondidos».

—Estoy de acuerdo con Sunny —afirmó Klaus—, aunque no haya una descripción del objeto. Ni siquiera han escrito qué significan las siglas.

—Descubriremos qué significan —dijo Violet—, porque vamos a ir a buscar a Esmé ahora mismo y a contarle qué está sucediendo. Cuando ella lo sepa, por fin creerá lo que decimos sobre Gunther, y conseguiremos sacar a los Quagmire del lote número 50 antes de que salgan de la ciudad. Tenías razón, Klaus, era el momento oportuno para tus habilidades como investigador.

—Supongo que tenía razón —admitió Klaus—. Me cuesta creer la suerte que hemos tenido.

Los Baudelaire volvieron a mirar la página del

catálogo para asegurarse de que no era ni una alucinación ni un fantasma. Y no lo era. Justo ahí, escrito bien claro, en negro, bajo el título «Lote número 50», había tres letras y tres puntos, que parecían revelar la solución a los problemas de los Baudelaire. A los tres hermanos les costaba creer que esas tres letras revelasen el lugar en el que estarían ocultos los Quagmire con la misma claridad que formaban las iniciales V.B.F.

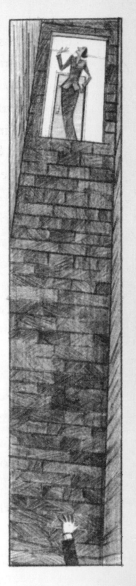

–... y uno de los objetos del catálogo está en la lista con el nombre de V.B.F, que es el secreto que los Quagmire intentaron contarnos justo antes de que los raptaran –terminó de contar Klaus.

–Eso es terrible –dijo Esmé, y tomó un sorbo de refresco de perejil que había insistido en servirse antes de que los huérfanos Baudelaire le contasen todo lo que habían descubierto. A continuación había insistido en sentarse en el sofá más de moda de su sala de estar favorita y los tres niños se habían sentado en tres sillas colocadas alrededor de ella formando un semicírculo, antes de empezar a relatarle la historia sobre la verdadera identidad de Gunther, el pasadizo secreto detrás de las puertas correderas del ascensor, el plan de sacar a los Quagmire a escondidas de la ciudad y la sorprendente aparición de esas tres misteriosas iniciales como descripción del lote número 50. Los tres hermanos estaban encantados de que su tutora no hubiera despreciado sus descubrimientos y de que no hubiera discutido con ellos sobre Gunther o sobre los Quagmire o sobre cualquier otra cosa, y de que, en cambio, estuviera escuchando en silencio y con calma hasta el último detalle. En realidad, Esmé estaba tan callada y tranquila que resultaba desconcertante, una palabra que aquí significa «una señal de alerta que los Baudelaire no supieron ver a tiempo».

—Es la cosa menos rompedora que he oído jamás —dijo Esmé, tomando otro sorbo de su brebaje—. A ver si he entendido lo que habéis dicho.

Gunther es en realidad el Conde Olaf disfrazado.

—Sí —corroboró Violet—. Con las botas se cubre el tatuaje y con el monóculo consigue arrugar la cara para ocultar su única ceja.

—Y ha ocultado a los Quagmire en el fondo del hueco de mi ascensor —dijo Esmé mientras dejaba su vaso de refresco sobre una mesita que había junto a ella.

—Sí —dijo Klaus—. No hay ascensor tras esas puertas. De alguna forma, Gunther lo quitó para poder usar el hueco como pasadizo secreto.

—Ahora ha sacado a los Quagmire de la jaula —continuó Esmé— y va a sacarlos a hurtadillas de la ciudad escondiéndolos dentro del lote número 50 de la Subasta In.

—*Kaxret* —dijo Sunny, lo que quería decir «Lo has entendido, Esmé».

—Se trata sin duda de una trama complicada —comentó Esmé—. Me sorprende que unos niños pequeños como vosotros hayan sido capaces de descubrirla, pero me alegro de que lo hayáis hecho. —Hizo una breve pausa y se quitó una mota de polvo de una de las uñas—. Y ahora solo queda una cosa por hacer. Nos dirigiremos a toda prisa al Salón Veblen e impediremos ese terrible plan. Haremos que detengan a Gunther y que liberen a los Quagmire. Será mejor que vayamos ahora mismo.

Esmé se levantó e hizo señas a los niños con una tímida sonrisa. Los niños la siguieron y salieron de la sala de estar y atravesaron doce cocinas hasta llegar a la puerta principal, mientras intercambiaban miradas de extrañeza. Su tutora tenía razón, por supuesto, al decir que debían ir al Salón Veblen y descubrir a Gunther y su maldad, pero no podían evitar preguntarse por qué la sexta asesora financiera más importante de la ciudad estaba tan tranquila cuando lo dijo. Los niños estaban tan ansiosos por los Quagmire que tenían la sensación de que se les iba a salir el corazón por la boca, pero Esmé condujo a los Baudelaire hasta la salida del ático como si estuvieran dirigiéndose a la tienda a comprar harina integral en lugar de ir a toda prisa a una subasta para impedir un crimen horrible. Cuando cerró la puerta del piso y se volvió para sonreír de nuevo a los niños, los tres hermanos no vieron ni rastro de ansiedad en su rostro, y eso era desconcertante.

—Klaus y yo nos turnaremos para llevarte en brazos —dijo Violet mientras levantaba a su hermana—. Así, bajar la escalera te será más fácil.

—Oh, no hace falta que bajemos todos esos escalones —dijo Esmé.

—Eso es cierto —convino Klaus—. Deslizarse por el pasamanos será mucho más rápido.

Esmé rodeó a los niños con un brazo y empezó a alejarlos de la puerta principal. Era agradable recibir un gesto de afecto de su tutora, aunque los abrazaba con tanta fuerza que apenas podían moverse, y eso era desconcertante.

—Tampoco tendremos que deslizarnos por el pasamanos —dijo.

—Entonces, ¿cómo bajaremos desde el ático? —preguntó Violet.

Esmé alargó el otro brazo y utilizó una de sus largas uñas para apretar el botón de subida que estaba junto a las puertas correderas. Esa fue la cosa más desconcertante de todas, pero en ese momento, siento decirlo, ya era demasiado tarde.

–Cogeremos el ascensor –anunció mientras las puertas se abrían, y luego, con una última sonrisa, impulsó el brazo hacia delante y arrojó a los huérfanos Baudelaire a la oscuridad del hueco del ascensor.

Algunas veces, las palabras no bastan. Existen circunstancias tan tremendamente espantosas que no pueden describirse con frases ni con párrafos ni siquiera con toda una serie de libros, y el terror y el espanto que los huérfanos Baudelaire sintieron cuando Esmé los empujó al hueco del ascensor es una de esas espantosas circunstancias que solo pueden representarse con dos páginas de profunda oscuridad. No se me ocurre ninguna frase que pueda transmitir lo alto que gritaron o lo frío que estaba el aire que pasaba zumbando junto a ellos mientras caían. No existe párrafo que yo pueda escribir que os permitiera imaginar lo asustados que estaban los Baudelaire mientras caían en picado con destino a la fatalidad.

Sin embargo, puedo deciros que no murieron. No se habían despeinado ni un pelo cuando dejaron de caer en la oscuridad. Sobrevivieron a la caída desde lo alto del hueco del ascensor por la simple razón de que no llegaron abajo. Algo interrumpió su caída, una frase que aquí significa que la caída en picado de los Baudelaire se detuvo a medio camino entre las puertas correderas y la jaula de metal donde habían estado encerrados los Quagmire. Algo interrumpió su vertiginoso descenso sin ni siquiera hacerles daño, y, aunque al principio parecía un milagro, cuando los niños entendieron que estaban vivos y que habían dejado de caer, alargaron las manos y no tardaron en darse cuenta de que era mucho más parecido a una red. Mientras los Baudelaire estaban leyendo el catálogo de la Subasta In y contándole a Esmé lo que habían averiguado, alguien había extendido una red de cuerda a lo

ancho de todo el pasadizo, y fue esa red la que había detenido la caída de los niños hacia su destino fatal. Mucho, muchísimo más arriba que los huérfanos estaba el ático de los Miseria, y mucho, muchísimo más abajo estaba la jaula en la diminuta y mugrienta habitación, con el pasillo que conducía a la salida. Los huérfanos Baudelaire estaban atrapados.

Sin embargo, es mucho mejor estar atrapado que estar muerto, y los tres niños se abrazaron por el alivio de saber que algo había frenado su caída.

—*Spenset* —dijo Sunny, con la voz ronca por los gritos.

—Sí, Sunny —respondió Violet, abrazándola con fuerza—. Estamos vivos. —Y al decirlo sonó como si se lo dijera no solo a su hermana sino a sí misma.

—Estamos vivos —repitió Klaus, abrazándolas a ambas—. Estamos vivos, estamos bien.

—Yo no diría que estáis bien —gritó Esmé mirando hacia abajo desde lo alto del pasadizo. Su voz resonó en las paredes del hueco; aun así, los niños podían oír cada una de sus crueles palabras—. Estáis vivos, pero decididamente no estáis bien. En cuanto termine la subasta y los Quagmire estén a punto de salir de la ciudad, Gunther vendrá a por vosotros, y puedo garantizaros, huérfanos, que no volveréis a estar bien nunca. ¡Qué día tan maravilloso y provechoso! ¡Mi antiguo profesor de teatro por fin se hará no con una, sino con dos enormes fortunas!

—¿Tu antiguo profesor de teatro? —preguntó Violet, horrorizada—. ¿Quieres decir que conocías la verdadera identidad de Gunther desde el principio?

—Por supuesto que sí —respondió Esmé—. Solo tenía que engañaros a vosotros, niños, y al idiota de mi marido para que creyeseis que en realidad era un subastador. Por suerte, soy una actriz rompedora, así que ha sido fácil tomaros el pelo.

—¿Así que has estado trabajando en colaboración con ese terrible villano? —le gritó Klaus hacia arriba—. ¿Cómo has podido hacernos eso?

—No es un terrible villano —replicó Esmé—. ¡Es un genio! Yo le había dado instrucciones al portero de que no os dejara entrar en el ático hasta que Gunther llegase y os recogiese, pero Gunther me convenció de que empujaros era una idea mejor, ¡y tenía razón! ¡Ahora es imposible que consigáis llegar a la subasta y estropeéis nuestros planes!

—¡*Zisalem!* —chilló Sunny.

—¡Mi hermana tiene razón! —gritó Violet—. ¡Eres nuestra tutora! ¡Se supone que nos tienes que mantener a salvo, no empujarnos a los huecos de los ascensores y arrebatarnos nuestra fortuna!

—Pero voy a arrebatárosla —dijo Esmé—. Quiero arrebataros lo que es vuestro como Beatrice me arrebató lo que era mío.

—¿De qué estás hablando? —preguntó Klaus—. Ya eres increíblemente rica. ¿Para qué quieres aún más dinero?

—Porque se lleva, por supuesto —respondió Esmé—. Bien, ¡hasta más ver!, niños. «Hasta más ver» es la forma de moda para decir adiós a tres mocosos huérfanos que no volverás a ver nunca.

—¿Por qué? —exclamó Violet—. ¿Por qué nos estás tratando tan mal?

La respuesta de Esmé a esta pregunta fue la más cruel, y, al igual que caer por el hueco de un ascensor, no había palabras para describirla. Se limitó a reír con una carcajada socarrona que rebotó en las paredes del pasadizo y luego se esfumó en el aire mientras su tutora se alejaba. Los huérfanos Baudelaire se miraron entre sí, o intentaron mirarse entre sí en la oscuridad, y temblaron de disgusto y de miedo, e hicieron temblar la red que los atrapaba y los mantenía a salvo al mismo tiempo.

—¿*Morirli?* —preguntó Sunny con tristeza, y sus hermanos sabían que quería decir «¿Qué vamos a hacer ahora?».

—No lo sé —dijo Klaus—, pero tenemos que hacer algo.

—Y tenemos que hacerlo deprisa —añadió Violet—, aunque se trata de una situación muy difícil.

No tiene sentido ascender ni descender; las paredes son demasiado resbaladizas.

–Tampoco tiene sentido hacer un montón de ruido para intentar que alguien nos escuche –dijo Klaus–. Aunque nos oigan, pensarán que se trata de alguno de los inquilinos del edificio.

Violet cerró los ojos para pensar, aunque estaba tan oscuro que en realidad no era muy distinto a tener los ojos abiertos.

–Klaus, tal vez sea el momento oportuno para tus habilidades como investigador –dijo después de un rato–. ¿Se te ocurre algún momento de la historia en el que alguien se librara de una trampa como esta?

–Me parece que no –respondió Klaus con tristeza–. En el mito de Hércules, el héroe está atrapado entre dos monstruos llamados Escila y Caribdis, al igual que nosotros estamos atrapados entre las puertas correderas y el suelo. Pero salió de la trampa convirtiéndolos en remolinos.

–*Glauco* –dijo Sunny, que quería decir algo parecido a «Pero nosotros no podemos hacer eso».

—Ya lo sé —admitió Klaus—. Los mitos suelen ser entretenidos; sin embargo, no son muy útiles. A lo mejor es el momento oportuno para los inventos de Violet.

—Pero no tengo materiales con los que trabajar —replicó Violet, extendiendo la mano para tocar los bordes de la red—. No puedo usar esta red para inventar algo, porque si empiezo a romperla, nos caeremos. Parece que la red está agarrada a las paredes con pequeñas clavijas de metal clavadas en la pared, aunque tampoco puedo arrancarlas para usarlas.

—¿*Gyzan?* —preguntó Sunny.

—Sí —respondió Violet—, clavijas. Se notan justo aquí, Sunny. Seguramente Gunther se ayudó de una larga escalerilla para clavar las clavijas en las paredes del pasadizo, y luego tendió la red de una clavija a otra. Supongo que las paredes del hueco del ascensor son lo suficientemente blandas para poder clavar objetos afilados y pequeños.

—¿*Bland?* —preguntó Sunny, que quería decir

«¿Como mis dientes?», y sus hermanos supieron al instante lo que estaba pensando.

—No, Sunny —respondió Violet—, no puedes ascender por el hueco del ascensor ayudándote con los dientes. Es demasiado peligroso.

—*Yoigt* —señaló Sunny, queriendo decir algo así como «Pero si me caigo, caeré en la red».

—¿Y si te quedas atrapada a medio camino? —preguntó Klaus—. ¿O si se te cae un diente?

—*Basta* —dijo Sunny, lo que significaba «No me queda más remedio que arriesgarme, es nuestra única esperanza», y sus hermanos admitieron a regañadientes que tenía razón. No les gustaba la idea de que su hermana pequeña ascendiera hasta las puertas correderas del ascensor artificioso con la única ayuda de sus dientes, pero no se les ocurría otra forma de escapar a tiempo para frustrar el plan de Gunther. No era el momento oportuno para las habilidades de Violet como inventora, ni para el conocimiento que había acumulado Klaus gracias a sus lecturas, sino que era el momento oportuno para los dientes afilados de Sunny. La pequeña de los Baudelaire echó la cabeza hacia atrás y luego hacia delante para clavar un diente en la pared, y produjo un sonido tan tosco que habría hecho llorar a cualquier dentista durante horas. Sin embargo, los Baudelaire no eran dentistas y escucharon con atención en la oscuridad para oír si los dientes de Sunny se clavaban con la misma firmeza que las clavijas de la red. Por suerte no oyeron nada, ni rasguños ni deslizamientos ni nada que se rompiese ni nada que indicase que los dientes de Sunny no aguantaban. Sunny incluso sacudió la cabeza un poco para ver si sus dientes se desprendían de la pared, pero siguieron siendo un buen agarre. Sunny volvió a echar la cabeza hacia delante y clavó otro diente, un poco más arriba que el anterior. El segundo diente se clavó, así que Sunny desclavó el primer diente y volvió a clavarlo en la pared, un poco más arriba que el segundo. Espaciando ligeramente un diente de otro, Sunny había ascendido unos centímetros de pared y, cuando volvió a clavar el primer dien-

te por encima del segundo, su cuerpecito ya no tocaba la red.

—Buena suerte, Sunny —deseó Violet.

—Nosotros te animaremos, Sunny —dijo Klaus.

Sunny no respondió, pero sus hermanos no se preocuparon porque imaginaron que resultaba difícil decir algo cuando tienes la boca llena de pared. Así que Violet y Klaus se quedaron sentados en la red y siguieron dando ánimos a su hermana pequeña. Si Sunny hubiera sido capaz de ascender y hablar al mismo tiempo, podría haber dicho *Hasbien*, que quería decir algo así como «Hasta aquí va bien», o *Yaff*, que significaba «Creo que he llegado a la mitad», pero los dos Baudelaire mayores no oían nada más que el sonido de los dientes clavándose y desclavándose en la oscuridad hasta que Sunny gritó con voz triunfante la palabra *¡Riba!*

—¡Oh, Sunny! —exclamó Klaus—. ¡Lo has conseguido!

—¡Así se hace! —exclamó Violet—. Ahora ve a buscar nuestra cuerda artificiosa que está debajo de la cama y nosotros subiremos para reunirnos contigo.

—*Gamba* —respondió Sunny, y se alejó gateando. Los dos hermanos mayores se quedaron sentados esperando en la oscuridad durante un rato, maravillados de las habilidades de su hermana.

—Yo no podría haber subido todo este túnel —confesó Violet—, no a la edad de Sunny.

—Yo tampoco —admitió Klaus—, aunque los dos tenemos dientes del tamaño normal.

—No es solo por el tamaño de los dientes —dijo Violet—, es por el tamaño de su valor y el tamaño de su preocupación por sus hermanos.

—Y el tamaño del problema en el que estábamos metidos —añadió Klaus— y el tamaño de la maldad de nuestra tutora. No puedo creer que Esmé haya estado maquinando en colaboración con Gunther todo este tiempo. Es una tutora tan artificiosa como este ascensor.

—Esmé es muy buena actriz —dijo Violet para consolarse—, aunque sea una persona terrible. Nos había engañado por completo al hacernos creer que Gunther la había engañado por completo. Pero ¿a qué se referiría cuando dijo que...?

—¡*Tachán!* —gritó Sunny desde las puertas correderas.

—Tiene la cuerda —dijo Violet, emocionada—. Átala al pomo de la puerta, Sunny, utiliza la lengua del diablo.

—No —dijo Klaus—, tengo una idea mejor.

—¿Una idea mejor que salir de aquí subiendo? —preguntó Violet.

—Quiero salir de aquí —dijo Klaus—, pero no creo que debamos subir. Entonces solo llegaríamos hasta el ático.

—Pero desde el ático podemos dirigirnos al Salón Veblen. Incluso podemos bajar deslizándonos por el pasamanos para ganar tiempo.

—Sin embargo, al final del pasamanos —dijo Klaus— está el vestíbulo del edificio y en el vestíbulo del edificio está el portero con instrucciones estrictas de no dejarnos salir.

—No había pensado en él —dijo Violet—. Siempre sigue las instrucciones.

–Esa es la razón por la que debemos salir del número 667 de la avenida Oscura por otro sitio –aclaró Klaus.

–*Dimetú* –gritó Sunny, queriendo decir algo parecido a «¿Por qué otro sitio podemos salir?».

–Por abajo –dijo Klaus–. De esa diminuta puerta del fondo del hueco del ascensor sale un pasillo, ¿recordáis? Está justo al lado de la jaula.

–Eso es verdad –admitió Violet–. Debe de haber sido por ahí por donde Gunther se llevó a los Quagmire antes de que pudiéramos rescatarlos. Pero ¿quién sabe adónde conduce?

–Bueno, si Gunther se ha llevado a los Quagmire por ese pasillo –sugirió Klaus– debe de llevar a algún sitio próximo al Salón Veblen. Y ese es justamente el lugar adonde queremos ir.

–Tienes razón –dijo Violet–. Sunny, olvida lo de atar la cuerda al pomo de la puerta. De todas formas, alguien podría verla y descubrir que hemos escapado. Bájala hasta aquí. ¿Crees que podrás bajar aferrándote con los dientes?

–*¡Jerónimo!* –gritó Sunny, que quería decir

algo así como «No necesito aferrarme a la pared con los dientes para bajar», y la más pequeña de los Baudelaire estaba en lo cierto. Respiró hondo y se lanzó por el pasadizo oscuro, y la bobina de cuerda artificiosa cayó justo detrás de ella. Esta vez no hace falta describir la caída en picado con dos páginas de oscuridad, ya que el terror de la larga y oscura caída se atenuó —aquí la expresión «se atenuó» significa que «no estaba especialmente en la mente de Sunny»—, porque la más pequeña de los Baudelaire sabía que había una red y que sus hermanos la estaban esperando al final. Con un *¡pam!* Sunny aterrizó sobre la red, y con un *¡pam!* un poco más tenue la bobina de cuerda aterrizó junto a ella. Después de asegurarse de que su hermana no se había lastimado con la caída, Violet empezó a atar un extremo de la cuerda a una de las clavijas que sostenían la red.

—Me aseguraré de que este extremo de la cuerda quede bien sujeto —dijo Violet—. Sunny, si no te duelen demasiado los dientes después de la ascensión, utilízalos para hacer un agujero en la red, para que podamos pasar a través de él.

—¿Qué puedo hacer yo? —preguntó Klaus.

—Tú puedes rezar para que esto funcione —dijo Violet, pero las hermanas Baudelaire realizaron tan rápido sus cometidos que no hubo tiempo ni para la más breve de las ceremonias religiosas. En cuestión de segundos, Violet había atado la cuerda a la clavija con un par de complicados y resistentes nudos, y Sunny había hecho un agujero de tamaño infantil en medio de la red. Violet balanceó la cuerda hasta meterla por el agujero y los tres niños escucharon hasta oír el conocido *clinc* de su cuerda artificiosa chocando contra la jaula metálica. Los huérfanos Baudelaire hicieron una breve pausa en el agujero de la red y contemplaron la oscuridad.

—No me puedo creer que vayamos a bajar por este pasadizo otra vez —confesó Violet.

—Entiendo cómo te sientes —dijo Klaus—. Si alguien me hubiera dicho, ese día en la playa, si creía que algún día subiría y bajaría por un hueco de ascensor en un intento de rescatar a un par de trillizos, habría dicho que ni en un millón de años. Y ahora lo vamos a hacer por quinta vez en veinticuatro horas. ¿Qué nos ha ocurrido? ¿Qué nos ha traído hasta este horrible lugar que estamos contemplando?

—La mala suerte —dijo Violet con tranquilidad.

—Un terrible incendio —dijo Klaus.

—*Olaf* —declaró Sunny con decisión, y empezó a gatear para bajar por la cuerda. Klaus siguió a su hermana por el agujero de la red y Violet siguió a Klaus, y los tres Baudelaire descendieron un largo camino hasta llegar al fondo del hoyo y encontrar la diminuta y mugrienta habitación, la jaula vacía y el pasillo que esperaban que condujera hasta la Subasta In. Sunny miró la cuerda entrecerrando los ojos, para asegurarse de que sus hermanos habían llegado a salvo abajo. Klaus miró entrecerrando los ojos al pasillo, para intentar discernir lo largo que era, o si había alguien o algo que lo acechara. Violet miró entrecerrando los ojos hacia el rincón, donde los niños habían tirado los sopletes cuando no había sido el momento oportuno para usarlos.

—Tenemos que llevárnoslos con nosotros —dijo.

—Pero ¿por qué? —preguntó Klaus—. Hace ya tiempo que deben de estar fríos.

—Sí que están fríos —dijo Violet, cogiendo uno—. Y las puntas se han doblado al tirarlos al rincón. Sin embargo, todavía pueden servir para algo. No sabemos qué nos encontraremos en ese pasillo y no conviene que no tengamos medios al alcance de la mano. Toma, Klaus, aquí tienes el tuyo, y aquí está el tuyo, Sunny.

Los Baudelaire pequeños cogieron los doblados y enfriados atizadores y luego, caminando muy pegados, los niños dieron sus primeros pasos por el pasillo. En la profunda oscuridad de ese terrible lugar, los atizadores parecían más bien alargadas y delgadas extensiones de las manos de los Baudelaire, pero esto no es a lo que se refería Violet cuando dijo que no convenía que se quedaran sin medios al alcance de la mano. «Sin medios al alcance de la mano» es una expresión que aquí significa «sin herramientas que les pudiesen servir de ayuda», y Violet pensó que los tres niños solos en el oscuro pasillo y con los atizadores en la mano tendrían más medios que tres niños solos en la oscuridad sin nada de nada. Siento deciros que la mayor de los Baudelaire tenía toda la razón. Los tres niños no se podían permitir quedarse sin medios al alcance de la mano en absoluto, no con la injusta desventaja que acechaba al final de su camino. Mientras iban dando un cuidadoso paso tras otro, los huérfanos Baudelaire necesitaban tener tantos medios al alcance de la mano como fuera posible para enfrentarse al elemento sorpresa que los estaba esperando al final del oscuro pasillo.

La expresión francesa «cul-de-sac» describe lo
que los huérfanos Baudelaire encontraron al final del oscuro corredor, y como todas las expresiones francesas, se entiende con más facilidad
si se traducen las palabras del francés a nuestro
idioma. La palabra «de», por ejemplo, es una palabra francesa muy común, así que aunque yo no
tuviera ni idea de francés sabría que «de» significa «de». La palabra «sac» es menos común, pero
estoy bastante seguro de que significa algo así
como «misteriosas circunstancias». Por último, la
palabra «cul» es una palabra francesa tan rara que

me veo obligado a suponer su traducción, y supongo que en este caso significa «al final del oscuro pasillo, los Baudelaire encontraron una variedad». Así que la expresión «cul-de-sac» aquí significa «Al final del oscuro pasillo, los Baudelaire encontraron una variedad de misteriosas circunstancias».

Si los Baudelaire pudieran haber escogido una expresión francesa para describir lo que los esperaba al final del pasillo, habrían escogido una que quisiera decir «cuando los tres niños tomaron la última curva del oscuro corredor, la policía había capturado a Gunther y rescatado a los trillizos Quagmire» o, como mínimo «los Baudelaire se alegraron de ver que el pasillo conducía directamente al Salón Veblen, donde se estaba celebrando la Subasta In». Sin embargo, el final del pasillo resultó ser tan misterioso y preocupante como el resto del tramo. Todo el pasillo estaba muy oscuro y tenía tantos giros y curvas que los tres niños se dieron varias veces contra las paredes. El techo del pasillo era muy bajo;

Gunther debió de haberse agachado cuando lo utilizó para sus malvados planes, y por encima de sus cabezas los niños escucharon una variedad de ruidos que les indicaban adónde los llevaría el pasillo con toda seguridad. Tras las primeras curvas, oyeron la ensordecida voz del portero y los Baudelaire se dieron cuenta de que debían de estar debajo del vestíbulo del edificio donde se encontraba el piso de los Miseria. Después de un par de curvas más, oyeron discutir a dos hombres que hablaban sobre los adornos marinos y se dieron cuenta de que debían de estar caminando por debajo de la avenida Oscura. Y después de un par de curvas más, oyeron el destartalado traqueteo de un viejo tranvía que pasaba por encima de sus cabezas, y los niños supieron que el pasillo los llevaba por debajo de una de las estaciones de tranvías de la ciudad. El pasillo seguía describiendo curvas y más curvas, y los Baudelaire oyeron una variedad de sonidos urbanos (los cascos de los caballos, el rechinar de la maquinaria de las fábricas, el tañido de las campanas de la iglesia y el ruido de las cosas que tiraba la gente al suelo), pero cuando por fin llegaron al final del corredor, no escucharon ningún ruido por encima de sus cabezas. Los Baudelaire se quedaron callados e intentaron imaginar un lugar en la ciudad que estuviera completamente en silencio.

—¿Dónde creéis que estamos? —preguntó Violet, aguzando el oído para escuchar aún con más atención—. Ahí arriba hay un silencio sepulcral.

—No es eso lo que me preocupa —dijo Klaus, golpeando la pared con el atizador—. No logro descubrir hacia dónde se curva el pasillo. Creo que estamos en un callejón sin salida.

—¡Un callejón sin salida! —exclamó Violet y golpeó la pared del otro lado con su atizador—. No puede ser un callejón sin salida. Nadie construye un pasillo que no lleva a ninguna parte.

—*Pratjic* —dijo Sunny, lo que significaba «Gunther debe de haber acabado en algún sitio si ha seguido este pasillo».

—Estoy golpeando hasta el último rincón de estas paredes —dijo Klaus con gravedad— y no hay ni puertas ni escaleras ni curvas ni nada. Es un callejón sin salida, sin duda. No hay otra forma de decirlo. En realidad hay una expresión francesa que quiere decir «callejón sin salida». No recuerdo cómo era.

—Supongo que tendremos que volver sobre nuestros pasos —dijo Violet con tristeza—. Supongo que tendremos que dar media vuelta, deshacer el camino, subir hasta la red, dejar que Sunny suba hasta el ático ayudándose con los dientes y encontrar más materiales para fabricar una cuerda artificiosa y deslizarnos por el pasamanos hasta el vestíbulo y pasar a hurtadillas por delante del portero y correr hasta el Salón Veblen.

—*Pyetian* —dijo Sunny, que significaba algo así como «No llegaremos a tiempo de descubrir a Gunther y salvar a los Quagmire».

—Lo sé —suspiró Violet—. Pero no sé qué otra cosa podemos hacer. Me parece que nos hemos quedado sin medios al alcance de la mano, pese a tener los atizadores.

—Si tuviéramos unas palas, podríamos intentar

salir del pasillo cavando un agujero, pero no podemos usar los atizadores como palas.

—*Teneté* —dijo Sunny, lo que significaba «Si tuviéramos dinamita, podríamos volar por los aires el pasillo, pero no podemos usar los atizadores como dinamita».

—Sin embargo, podemos utilizarlos para hacer ruido —sugirió Violet de repente—. Vamos a golpear el techo con los atizadores para intentar llamar la atención de algún transeúnte.

—No parece que haya transeúntes —dijo Klaus—, pero vale la pena intentarlo. Ven, Sunny, te levantaré para que tú también puedas llegar al techo.

Klaus levantó a su hermana y los tres niños empezaron a golpear el techo con la idea de montar un barullo que durase varios minutos. No obstante, en cuanto tocaron el techo con sus atizadores, los Baudelaire quedaron cubiertos de polvo negro. Les llovió encima como una tormenta de arena, y los niños tuvieron que dejar de dar golpes para toser y frotarse los ojos y escupir el polvo que les había caído en la boca.

–¡Puaj! –escupió Violet–. Tiene un sabor asqueroso.

–Sabe a tostada quemada –dijo Klaus.

–¡*Peflob!* –chilló Sunny.

En ese momento, Violet dejó de toser y se la-
mió la punta del dedo pensativa.

–Son cenizas –dijo–. A lo mejor estamos debajo de una chimenea.

–No creo –dijo Klaus–. Mira hacia arriba.

Los Baudelaire miraron hacia arriba y vieron
que el polvo negro había descubierto una pequeña tira de luz, apenas más ancha que un lápiz.
Los niños miraron por ella y vieron el sol de la
mañana devolviéndoles la mirada.

–¿*Tisdu?* –preguntó Sunny, lo que quería decir «¿En qué parte de la ciudad se puede encontrar ceniza en la calle?».

–A lo mejor estamos debajo de una barbacoa
–sugirió Klaus.

–Bueno, lo descubriremos pronto –respondió
Violet, y empezó a retirar más polvo del techo.
A medida que el polvo caía sobre los niños como

una gruesa y negra nube, la delgada tira de luz se convirtió en cuatro delgadas tiras de luz, como el dibujo de un cuadrado en el techo. Gracias a la luz que entraba por el cuadrado, los Baudelaire pudieron ver un par de bisagras.

—Mirad —indicó Violet—, es una trampilla. No la hemos visto por la oscuridad del pasillo, pero ahí está.

Klaus empujó la trampilla con su atizador e intentó abrirla, pero no se movió.

—Está cerrada, claro —dijo—. Apuesto a que Gunther la cerró con llave al salir cuando se llevó a los Quagmire.

Violet alzó la vista hacia la trampilla y los otros dos niños pudieron ver, gracias a la luz del sol que entraba por ella, que se estaba atando el pelo con un lazo para apartárselo de los ojos.

—Una cerradura no va a detenernos —dijo—. No después de haber llegado hasta aquí. Creo que por fin es el momento oportuno para usar estos atizadores, aunque no para utilizarlos como sopletes ni para hacer ruido. —Sonrió y se volvió hacia sus hermanos–. Podemos utilizarlos como palanquetas –dijo, emocionada.

–¿*Herdiset?* –preguntó Sunny.

–Una palanqueta es una especie de palanca portátil –aclaró Violet– y estos atizadores sirven muy bien como palanquetas. Meteremos el extremo doblado en la parte por donde entra la luz y luego tiraremos del resto hacia abajo y con fuerza. Eso debería abrir la trampilla. ¿Entendido?

–Eso creo –respondió Klaus–. Vamos a intentarlo.

Los Baudelaire lo intentaron. Con mucho cuidado metieron la parte de los atizadores que habían calentado en el horno por un lado del cuadrado de luz. A continuación, resoplando por el esfuerzo, tiraron del extremo recto de los atizadores hacia abajo con toda la fuerza que pudieron, y me alegra informaros de que las palanquetas funcionaron a la perfección. Con un tremendo crujido y otra nube de ceniza, las bisagras de la trampilla se doblaron y se abrió en dirección a los niños, que tuvieron que agacharse cuando les cayó sobre la cabeza. La luz del sol inundó el pasillo y los Baudelaire vieron que por fin habían llegado al final de su largo y oscuro viaje.

—¡Ha funcionado! —gritó Violet—. ¡Ha funcionado de verdad!

—¡Era el momento oportuno para tus habilidades como inventora! —gritó Klaus—. ¡Teníamos la solución en la punta de los atizadores!

—¡*Va!* —gritó Sunny, y los niños estuvieron de acuerdo. Poniéndose de puntillas, los Baudelaire se agarraron de las bisagras y se impulsaron hacia arriba para salir del pasillo, dejando atrás sus atizadores, y, en un segundo, los tres niños estuvieron entrecerrando los ojos para protegerse de la luz del sol.

Una de mis más preciadas posesiones es una pequeña caja de madera con un cierre especial que tiene más de quinientos años y que se abre con un código secreto que mi abuelo me enseñó. Mi abuelo lo aprendió de mi bisabuelo, y mi bisabuelo de mi tatarabuelo, y yo se lo enseñaría a mi nieto si creyera en la posibilidad de tener una familia en lugar de pasar el resto de mis días solo en este mundo. La pequeña caja de madera es una de mis más preciadas posesiones, porque cuando el cierre se abre gracias al código, encuentras una pequeña llave de plata en el interior y esa llave encaja en la cerradura de otra de mis más preciadas posesiones, que es una caja de madera un poco más grande que me regaló una mujer sobre la que mi abuelo siempre se negó a hablar. Dentro de esa caja de madera un poco más grande hay un rollo de pergamino, una palabra que aquí significa «un papel muy antiguo con un mapa de la ciudad, de la época en que los Baudelaire vivían en ella». El mapa tiene todos los detalles sobre la ciudad, escritos con tinta de color azul oscuro, con las medidas de los edificios y dibujos de trajes, y gráficos sobre los cambios del tiempo añadidos en los márgenes del mapa por sus doce dueños anteriores, todos muertos en la actualidad. He pasado más horas de las que pueda contar repasando cada centímetro de ese mapa con todo el cuidado posible, para poder copiar en mis archivos, y más tarde en libros como este, todo lo que se pueda aprender de él, con la esperanza de que el público conozca por fin todos los detalles de la malvada conspiración de la que he intentado escapar durante toda la vida. El mapa contiene miles de cosas fascinantes que han sido descubiertas por todo tipo de exploradores, investigadores criminales y artistas circenses con el paso de los años, aunque lo más fascinante que tiene el mapa fue descubierto justo en ese momento por los tres niños Baudelaire. Algunas veces, en plena noche, cuando no puedo dormir, me levanto de la cama e introduzco el código en la pequeña caja de madera y cojo la llave de plata que abre la caja de madera un poco más grande para poder sentarme en mi mesa y mirar una vez más, a la luz de una vela, las dos líneas de puntos que marcan el pasillo subterráneo que empieza en el fondo del hueco del ascensor del número 667 de la avenida Oscura y que termina en la trampilla que los Baudelaire lograron abrir con las palanquetas artificiosas. Miro y miro sin parar la parte de la ciudad donde los huérfanos salieron tras dejar el espantoso corredor, pero no importa cuánto mire: apenas puedo creérmelo, al igual que apenas podían creérselo los niños.

Los hermanos habían estado a oscuras durante tanto tiempo que sus ojos tardaron en acostumbrarse a un entorno debidamente iluminado, y, durante un rato, se quedaron quietos frotándose los ojos e intentando averiguar adónde llevaba exactamente la trampilla. Sin embargo, en la repentina luminosidad del sol de la mañana, la única cosa que los niños pudieron ver fue la rechoncha sombra de un hombre que estaba de pie junto a ellos.

—Disculpe —dijo Violet, mientras sus ojos seguían adaptándose a la luz—. Necesitamos llegar al Salón Veblen. Es una emergencia. ¿Nos puede decir dónde está?

—So-solo a do-dos manzanas en esa dirección —tartamudeó la sombra, y los niños se fueron dando cuenta poco a poco de que era un cartero un poco gordito que señalaba la calle y miraba a los niños con temor–. Por favor, no me hagáis daño –suplicó el cartero, alejándose de los pequeños.

–No vamos a hacerle daño –dijo Klaus, limpiándose la ceniza de las gafas.

–Los fantasmas siempre dicen eso –advirtió el cartero–, pero al final, siempre te hacen daño.

–Pero nosotros no somos fantasmas –aclaró Violet.

–No me digas que no sois fantasmas –replicó el cartero–. Os he visto salir de las cenizas con mis propios ojos, como si salierais del centro de la tierra. Todos dicen que el solar vacío donde se quemó la mansión de los Baudelaire está encantado, y ahora ya veo que es cierto.

El cartero huyó corriendo antes de que los Baudelaire pudieran responder; de todos modos, los tres niños estaban demasiado asombrados con lo que había dicho para poder hablarle. Parpadearon y parpadearon por el sol de la mañana y por fin la vista se les adaptó lo bastante como para ver que el cartero estaba en lo cierto. Era verdad. No era verdad que los niños fueran fantasmas, claro está. No eran criaturas fantasmales que hubieran surgido del centro de la tierra, sino tres huérfanos que habían salido del pasadizo. Sin embargo, el cartero había dicho la verdad al decirles dónde estaban. Los huérfanos Baudelaire miraron a su alrededor y se apiñaron como si todavía estuvieran en el oscuro pasillo en lugar de a plena luz del día, de pie, en medio de las ruinas hechas cenizas de su destruida casa.

Doce

Muchos años antes de que los Baudelaire
nacieran, el Salón Veblen ganó el prestigio-
so premio Puerta, un galardón que se entregaba todos los años a la entrada mejor
construida. Si alguna vez os encontráis
delante del Salón Veblen, donde se
encontraban los Baudelaire esa mañana, os daréis cuenta de inmediato
de por qué el comité concedió el
brillante trofeo de color rosa a
las placas de madera pulida de la
puerta, a sus exquisitas bisagras
de bronce y a su maravilloso y re-
luciente pomo, fabricado con el se-

gundo mejor cristal del mundo. Sin embargo, los tres hermanos no estaban de humor para apreciar los detalles arquitectónicos. Violet fue la primera en subir la escalera hacia el Salón Veblen y puso la mano en el pomo sin pensar en el rastro de ceniza que dejaría en su pulida superficie. Si yo hubiera estado con los Baudelaire, jamás habría abierto la puerta galardonada. Me habría considerado afortunado de haber logrado dejar de estar suspendido en una red en medio de un hueco de ascensor y de haber escapado del malvado plan de Gunther, y habría huido a otro remoto lugar del mundo y me habría ocultado de Gunther y de sus ayudantes durante el resto de mi vida antes que arriesgarme a encontrarme de nuevo con ese malvado villano, encuentro que, siento decir, solo traería más desdichas a la vida de los tres huérfanos. Sin embargo, los tres niños eran mucho más valientes de lo que yo podría ser jamás y se detuvieron durante un instante para hacer acopio de todo su valor y utilizarlo.

—Más allá de este pomo —anunció Violet— está

nuestra última oportunidad de desvelar la verdadera identidad de Gunther y sus terribles planes.

—Justo detrás de estas bisagras de bronce —anunció Klaus— está nuestra última oportunidad de
evitar que los Quagmire sean sacados a escondidas de la ciudad.

—*Sorusu* —anunció Sunny, queriendo decir
«Detrás de estas placas de madera se encuentra
la respuesta a V.B.F. y la explicación de por qué
el pasadizo secreto nos ha llevado al lugar donde
la mansión de los Baudelaire quedó reducida a
cenizas, donde murieron nuestros padres y donde empezó la serie de desdichados acontecí-
mientos que nos persigue adondequiera que vamos».

Los Baudelaire se miraron entre sí y se irguie-
ron tanto como pudieron, como si su columna
vertebral fuera tan resistente como su valentía, y
Violet abrió la puerta del Salón Veblen. De forma instantánea, los huérfanos se encontraron en
medio de un alboroto, una palabra que aquí significa «un gran número de personas en una enor-

me y elegante habitación». El Salón Veblen tenía un techo muy alto, un suelo muy brillante y una gigantesca ventana que había ganado el primer premio Ventana del año anterior. Colgados del techo había tres enormes carteles, uno con la palabra «Subasta», otro con la palabra «In» y el tercero, que era el doble de grande que los otros, con un gigantesco retrato de Gunther. En la sala había por lo menos doscientas personas, y los Baudelaire se dieron cuenta de que era una multitud que iba vestida y hacía cosas muy a la moda. Casi todo el mundo llevaba trajes de raya diplomática, bebía alargados vasos helados de refresco de perejil y comía hojaldres de salmón servidos por camareros uniformados del Café Salmonela, que habían sido contratados para servir los canapés en la subasta. Los Baudelaire iban vestidos de forma normal y no con trajes de raya diplomática, y estaban cubiertos de polvo de la diminuta y mugrienta habitación del fondo del hueco del ascensor y cubiertos de las cenizas del solar de los Baudelaire, que era a donde los había conducido el pasillo. La multitud habría mirado con el entrecejo fruncido su atuendo si se hubiera percatado de la presencia de los niños, pero todo el mundo estaba demasiado ocupado mirando al fondo de la habitación para darse cuenta de quién había entrado por la puerta ganadora.

Al fondo del Salón Veblen, debajo del cartel más grande y delante de una gigantesca ventana, Gunther estaba de pie sobre un pequeño escenario, hablando por un micrófono. A un lado tenía un pequeño jarrón de cristal pintado con unas flores azules y al otro lado estaba Esmé, que permanecía sentada en una elegante silla, mirando a Gunther como si fuera el súmmum, una expresión que aquí quiere decir «como si fuera un caballero encantador y guapo, en lugar de un villano deshonesto y cruel».

—Lote número 46, por favor —dijo Gunther por el micrófono. Con toda la exploración por los pasadizos secretos, los Baudelaire casi habían olvidado que Gunther intentaba hacer creer que no hablaba bien el idioma–. Por favor, caballeros y señoras, ved el jarrón con flores azules. Jarrones se llevan. Cristal se lleva. Flores se llevan, por favor, sobre todo las flores que son azules. ¿Quién empieza con la puja?

–Cien –dijo una voz entre la multitud.

–Ciento cincuenta –dijo otra voz.

–Doscientos –dijo otra.

–Doscientos cincuenta –volvió a decir la primera persona que había pujado.

–Doscientos cincuenta y tres –dijo otra.

–Hemos llegado justo a tiempo –le susurró Klaus a Violet–. V.B.F. es el lote número 50. ¿Esperamos a hablar hasta ese momento, o nos enfrentamos a Gunther ahora mismo?

–No lo sé –respondió Violet, en un susurro–. Hemos estado tan concentrados con la idea de llegar al Salón Veblen que se nos ha olvidado trazar un plan de acción.

–¿Es doscientos cincuenta y tres la última puja de las personas, por favor? –preguntó Gunther por el micrófono–. Bien. Aquí jarrón, por favor.

Dar dinero, por favor, a la señora Miseria. –Una mujer con traje de raya diplomática se dirigió hasta el borde del escenario y le dio un fajo de billetes a Esmé, que sonrió con codicia y le pasó el jarrón a cambio. Ver a Esmé contar la pila de billetes y metérselos a continuación con toda tranquilidad en su monedero de raya diplomática, mientras en algún lugar entre bastidores los Quagmire estaban atrapados dentro de V.B.F., fuera lo que fuese, hizo que a los Baudelaire se les revolviera el estómago.

–*Evomer* –dijo Sunny, queriendo decir «No puedo soportarlo más. Vamos a contarle a todo el mundo que está en la sala lo que de verdad está ocurriendo».

–Disculpad –dijo alguien, y los tres hermanos alzaron la vista y vieron a un hombre de mirada severa que los observaba desde detrás de unas enormes gafas de sol. Sostenía un hojaldre de salmón con una mano y señalaba a los Baudelaire con la otra–. Voy a tener que pediros que salgáis del Salón Veblen ahora mismo –dijo–. Esto es la Subasta In. No es lugar para unos niños mugrientos como vosotros.

—Pero se supone que tenemos que estar aquí —replicó Violet, pensando con rapidez—. Tenemos que encontrarnos con nuestros tutores.

—No me hagas reír —se burló el hombre, aunque parecía como si jamás se hubiera reído en la vida—. ¿Qué clase de persona se encargaría de unos niñitos tan sucios?

—Jerome y Esmé Miseria —respondió Klaus—. Vivimos en su ático.

—Eso ya lo veremos —dijo el hombre—. Jerry, ven aquí.

Al escuchar el elevado tono de voz del hombre, un par de personas se volvieron y miraron a los niños, aunque casi todo el mundo seguía escuchando a Gunther cuando empezó a subastar el lote número 47, que era un par de zapatillas de ballet, por favor, hechas de chocolate. Jerome se apartó de un pequeño círculo de personas y se acercó hacia el hombre de mirada severa para ver qué pasaba. Cuando vio a los huérfanos, puso cara de estar a punto de «caerse de espaldas», una expresión que aquí quiere decir que «se alegró de verlos aunque se sintió muy sorprendido».

—Me alegro de veros —dijo—, aunque estoy muy sorprendido. Esmé me dijo que no os sentíais muy bien.

—¿Conoces a estos niños, Jerome? —preguntó el hombre con las gafas de sol.

—Por supuesto que los conozco —contestó Jerome—. Son los Baudelaire. Te acabo de hablar de ellos.

—Oh, sí —dijo el hombre, perdiendo interés—. Bueno, si son huérfanos, entonces supongo que no pasa nada porque estén aquí. Pero, Jerry, ¡tienes que comprarles ropa nueva!

El hombre se alejó caminando antes de que Jerome pudiese contestar.

—No me gusta que me llamen Jerry —admitió delante de los niños—, pero tampoco me gusta discutir con él. Bueno, niños Baudelaire, ¿os sentís mejor?

Los niños se quedaron quietos durante un instante y miraron a su tutor. Se dieron cuenta de que tenía un hojaldre a medio comer en la mano, aunque les había dicho a los niños que no le gustaba el salmón. Seguramente, Jerome tampoco había querido discutir con los camareros disfrazados de salmón. Los Baudelaire lo miraron y luego se miraron entre sí. No se sentían mejor en absoluto. Sabían que Jerome no querría discutir con ellos si le volvían a hablar sobre la verdadera identidad de Gunther. No querría discutir con Esmé si le contaban su parte en el malvado plan. Y no querría discutir con Gunther si le contaban que los Quagmire estaban ocultos en uno de los objetos de la Subasta In. Los Baudelaire no se sintieron mejor en absoluto cuando se dieron cuenta de que la única persona que podía ayudarlos era alguien que podía caerse de espaldas.

–¿*Menrov?* –dijo Sunny.

–¿*Menrov?* –repitió Jerome, sonriendo mientras miraba a la pequeña de los Baudelaire–. ¿Qué significa *Menrov?*

–Yo te diré lo que significa –dijo Klaus, pensando con rapidez. Tal vez había una forma de conseguir que Jerome los ayudase sin que tuviera que discutir con nadie–. Quiere decir «¿Podrías hacernos un favor, Jerome?».

Violet y Sunny miraron a su hermano con curiosidad. *¿Menrov?* no significaba «¿Podrías hacernos un favor, Jerome?», y Klaus lo sabía sin duda alguna. *¿Menrov?* significaba algo más parecido a «¿Deberíamos intentar contarle a Jerome lo de Gunther, lo de Esmé y lo de los trillizos Quagmire?», pero las hermanas siguieron calladas, porque sabían que Klaus debía de tener una buena razón para mentir a su tutor.

–Por supuesto que puedo haceros un favor –respondió Jerome–. ¿De qué se trata?

–A mis hermanas y a mí nos encantaría ser dueños de uno de los lotes de la subasta –dijo Klaus–. Nos preguntábamos si podrías comprarlo por nosotros, como regalo.

–Supongo que sí –respondió Jerome–. No sabía que estuvierais interesados en los objetos que se llevan.

—Oh, sí —comentó Violet, entendiendo enseguida lo que estaba haciendo Klaus—. Estamos muy ansiosos por poseer el lote número 50, V.B.F.

—¿V.B.F.? —preguntó Jerome—. ¿Qué quiere decir?

—Es una sorpresa —se apresuró a decir Klaus—. ¿Podrías pujar por él?

—Si es muy importante para vosotros —dijo Jerome—, supongo que sí, pero no quiero que os convirtáis en unos niños mimados. Habéis llegado justo a tiempo. Parece que Gunther está acabando la puja de esas zapatillas de ballet, así que ahora llegaremos al lote número 50. Vamos a ver la subasta desde donde yo estaba. Hay una vista excelente del escenario, y hay un amigo vuestro conmigo.

—¿Un amigo nuestro? —preguntó Violet.

—Ya veréis —dijo Jerome, y lo vieron. Cuando siguieron a Jerome por la enorme habitación para ver la subasta desde debajo del cartel que decía «In», se encontraron con el señor Poe, que sostenía un vaso de refresco de perejil y tosía con su pañuelo blanco en la boca.

—Casi me caigo de espaldas —dijo el señor Poe, cuando terminó de toser—. ¿Qué estáis haciendo aquí, niños Baudelaire?

—¿Qué está haciendo usted aquí? —preguntó Klaus—. Nos dijo que estaría en un helicóptero con destino al pico de una montaña.

El señor Poe dejó de hablar para toser con su pañuelo blanco en la boca una vez más.

—La información sobre el pico de la montaña resultó ser falsa —dijo el señor Poe, cuando se le hubo pasado el ataque de tos—. Ahora sé con toda seguridad que a los Quagmire los han obligado a trabajar en una fábrica de pegamento de las proximidades. Más tarde iré para allá, pero quería pasarme por la Subasta In. Ahora que soy vicepresidente en funciones de Asuntos de Huérfanos gano más dinero, y mi esposa quería que intentase comprar algunos adornos marinos.

—Pero... —empezó a decir Violet, pero el señor Poe la hizo callar.

—¡Chist! —dijo—. Gunther está empezando con el lote número 48, y yo voy a pujar por él.

—Por favor, lote número 48 —anunció Gunther. Sus brillantes ojos miraron a la multitud desde detrás del monóculo, pero al parecer no vio a los Baudelaire—. Es gran escultura de pez ahumado que desprende una cortina de humo, por favor. Muy grande, se lleva mucho. Lo bastante grande para dormir dentro de pez ahumado, si les apetece, por favor. ¿Quién puja?

—Yo pujo, Gunther —gritó el señor Poe—. Cien.

—Doscientos —gritó otra voz entre la multitud.

Klaus se acercó al señor Poe para hablarle sin que lo oyese Jerome.

—Señor Poe, hay algo que debería saber sobre Gunther —dijo, creyendo que si podía convencer al señor Poe, los Baudelaire no tendrían que continuar con aquella farsa, una palabra que aquí significa «fingir que querían V.B.F. para que Jerome pujara por ello y así rescatase a los Quagmire sin saberlo»—. En realidad es...

—Un subastador de moda, ya lo sé —terminó el

señor Poe por él, y volvió a pujar–. Doscientos seis.

–Trescientos –respondió otra voz.

–No, no –dijo Violet–. En realidad no es subastador. Es el Conde Olaf disfrazado.

–Trescientos doce –dijo el señor Poe, y luego miró a los niños con el entrecejo fruncido–. No seáis ridículos –les dijo–. El Conde Olaf es un criminal. Gunther es extranjero. No recuerdo qué palabra se utiliza para describir el miedo a los extranjeros, pero me sorprende que vosotros sintáis ese miedo.

–Cuatrocientos –dijo la otra voz.

–La palabra es «xenofobia» –apuntó Klaus–, pero este no es el caso, porque en realidad Gunther no es extranjero. ¡Ni tan siquiera se llama Gunther!

El señor Poe volvió a sacar su pañuelo y los Baudelaire esperaron mientras tosía antes de responder.

–Lo que decís no tiene ningún sentido –dijo por fin–. Por favor, ¿podemos hablar de esto cuando haya comprado ese adorno marino? Mi puja es de cuatrocientos nueve.

–Quinientos –dijo la otra voz.

–Abandono –dijo el señor Poe, y tosió con el pañuelo en la boca–. Quinientos es demasiado para la escultura gigante de un arenque ahumado.

–Quinientos es la puja más alta, por favor –dijo Gunther, y le sonrió a alguien entre el público–. Por favor, el ganador da dinero a señora Miseria, por favor.

–Vaya, mirad, niños –dijo Jerome–. El portero ha comprado ese enorme pescado ahumado que desprende una cortina de humo.

–¿El portero? –preguntó el señor Poe, mientras el portero le entregaba a Esmé un saco con monedas y, con dificultad, levantaba del escenario la enorme escultura del pez que desprendía una cortina de humo, con las manos todavía escondidas dentro de las largas, larguísimas mangas–. Me sorprende que un portero pueda permitirse comprar algo en la Subasta In.

–Una vez me contó que además era actor –comentó Jerome–. Es un tipo interesante. ¿Le gustaría conocerlo?

–Sería muy amable por su parte –dijo el señor Poe, y tosió con el pañuelo en la boca–. Desde mi ascenso he conocido a personas muy interesantes.

El portero luchaba por avanzar con su arenque ahumado, que desprendía una cortina de humo cuando Jerome le dio un golpecito en el hombro.

–Venga a conocer al señor Poe –sugirió.

–No tengo tiempo de conocer a nadie –respondió el portero–. Tengo que llevar esto al camión del jefe y... –El portero dejó de hablar a mitad de la frase cuando vio a los Baudelaire–. ¡Se supone que no deberíais estar aquí! –exclamó–. ¡Se supone que no tendríais que haber salido del ático!

–Pero ya se sienten mejor –aclaró Jerome, aunque el portero no lo escuchaba. Se había dado la vuelta, con lo que había empujado a varios componentes de la multitud de raya diplomática con su escultura del pez ahumado, y llamaba a la gente del escenario–. ¡Eh, jefe! –gritó, y tanto Esmé como Gunther se volvieron para mirar, mientras el portero señalaba a los tres Baudelaire–. ¡Los huérfanos están aquí!

Esmé soltó un grito ahogado y se sintió tan afectada por el elemento sorpresa que estuvo a punto de tirar el saco de monedas, pero Gunther se limitó a volver la cabeza y a mirar directamente a los niños. Le brillaban mucho, muchísimo los ojos, incluso el que estaba tras el monóculo, y los Baudelaire se sintieron horrorizados al reconocer esa expresión. Gunther estaba riendo como si le acabasen de contar un chiste, y esa era su expresión habitual cuando su malvada mente estaba maquinando algo con la máxima intensidad.

–Huérfanos se llevan –dijo, mientras seguía fingiendo que no sabía hablar bien–. Bien que huérfanos vengan aquí, por favor. –Esmé miró a Gunther con curiosidad, pero entonces se encogió de hombros y le hizo un gesto al portero con la mano de largas uñas para indicarle que no pasaba nada. El portero se encogió de hombros como respuesta, les dedicó una extraña sonrisa a los Baudelaire y se dirigió hacia la puerta ganadora–. Nos saltaremos el lote número 49, por favor –prosiguió Gunther–. Pujaremos por el lote número 50, por favor, y luego, por favor, se acaba la subasta.

–¿Y el resto de objetos? –preguntó alguien.

–Nos los saltamos –dijo Esmé, despreciativa–. Ya he ganado suficiente dinero por hoy.

–Nunca creí que pudiera oír a Esmé decir eso –murmuró Jerome.

–Lote número 50, por favor –anunció Gunther y empujó un enorme cajón hacia el escenario. Era tan grande como la escultura del pez, el tamaño justo para ocultar a dos niños pequeños. La caja tenía pintado V.B.F. con enormes letras negras y los Baudelaire vieron que habían hecho unos pequeños agujeritos que servían como respiraderos en la tapa. Los tres hermanos podían imaginarse a sus amigos atrapados en el interior del cajón y muertos de miedo por temor a ser sacados de la ciudad a escondidas–. V.B.F., por favor –dijo Gunther–. ¿Quién puja?

–Yo ofrezco veinte –dijo Jerome, y les guiñó un ojo a los niños.

–¿Qué diantre es V.B.F.? –preguntó el señor Poe.

Violet sabía que no tenía tiempo de intentar explicarle todo al señor Poe.

–Es una sorpresa –dijo–. Quédese y ya verá.

–Cincuenta –dijo otra voz, y los Baudelaire se volvieron y vieron que la segunda puja la había hecho el hombre de las gafas de sol que les había pedido que se marchasen.

–Ese no parece uno de los ayudantes de Gunther –susurró Klaus a sus hermanas.

–Nunca se sabe –respondió Violet–. Es difícil descubrirlos.

–Cincuenta y cinco –gritó Jerome. Esmé lo miró, ceñuda, y luego les dedicó a los Baudelaire una mirada en extremo malvada.

–Cien –dijo el hombre de las gafas de sol.

–Cielos, niños –dijo Jerome–. Esto se está poniendo muy caro. ¿Estáis seguros de que queréis ese V.B.F.?

–¿Está pujando por los niños? –preguntó el señor Poe–. Por favor, señor Miseria, no malcríe a estos muchachos.

–¡No nos está malcriando! –gritó Violet, con miedo a que Gunther detuviera la puja–. Por favor, Jerome, por favor, compra el lote número 50 por nosotros. Te lo explicaremos más tarde.

Jerome suspiró.

–Está bien –dijo–. Supongo que es normal que queráis algunas cosas que se llevan después de pasar un tiempo con Esmé. Mi puja es de ciento ocho.

–Doscientos –dijo el hombre de las gafas de sol. Los Baudelaire retorcieron el cuello para intentar verlo mejor, pero el hombre de las gafas de sol no les resultaba familiar.

–Doscientos cuatro –dijo Jerome, y luego miró a los niños–. No pujaré más alto, niños. Esto se está poniendo muy caro y pujar es demasiado parecido a discutir para que yo lo disfrute.

—Trescientos —dijo el hombre de las gafas de sol, y los Baudelaire se miraron entre sí con espanto. ¿Qué podían hacer? Sus amigos estaban a punto de escapárseles.

—Por favor, Jerome —rogó Violet—. Te lo suplico, por favor cómpralo por nosotros.

Jerome sacudió la cabeza.

—Algún día lo entenderéis —dijo—. No vale la pena gastar dinero en estupideces.

Klaus se volvió hacia el señor Poe.

—Señor Poe, ¿estaría dispuesto a prestarnos dinero del banco?

—¿Para comprar un cajón de embalaje? —preguntó el señor Poe—. Debería decir que no. Los adornos marinos son una cosa, pero no quiero que gastéis dinero en una caja de algo, no importa lo que sea.

—La última puja es de trescientos, por favor —anunció Gunther al tiempo que se volvía y le dedicaba a Esmé un guiño con el ojo del monóculo—. Por favor, señor, si...

—¡Mil!

Gunther dejó de hablar cuando oyó la nueva puja por el lote número 50. Esmé abrió los ojos de par en par y sonrió al pensar en meter una suma tan grande de dinero en su monedero de raya diplomática. La multitud de moda miró a su alrededor para intentar averiguar de dónde procedía esa nueva voz.

—¡*Mil!* —volvió a chillar Sunny y sus hermanos contuvieron la respiración. Sabían, claro está, que su hermana no tenía esa cantidad de dinero, pero tenían la esperanza de que Gunther no viera de dónde provenía esa puja, y que fuera demasiado codicioso para pararse a averiguarlo. El subastador artificioso miró a Esmé, y luego volvió a mirar a la multitud de moda.

—¿Dónde diantre ha conseguido Sunny esa cantidad de dinero? —le preguntó Jerome al señor Poe.

—Bueno, los niños estaban en un internado —respondió el señor Poe—. Sunny trabajaba de recepcionista, pero no tenía ni idea de que su sueldo fuera tan elevado.

–¡*Mil!* –insistió Sunny, y por fin Gunther abandonó.

–La puja más alta ahora es de mil –dijo y luego recordó que tenía que fingir que hablaba mal–. Por favor –añadió.

–¡Jesús! –exclamó el hombre de las gafas de sol–. No voy a pagar más de mil por V.B.F. No vale la pena.

–Es para nosotros –dijo Violet con ferocidad, y los tres niños se dirigieron hacia el escenario. Todas las miradas de la multitud seguían a los hermanos mientras iban dejando un rastro de cenizas tras ellos al dirigirse hacia el cajón de embalaje. Jerome parecía confundido. El señor Poe parecía ofuscado, una palabra que aquí significa «tan confundido como Jerome». Esmé parecía malvada. El hombre de las gafas de sol tenía cara de haber perdido una apuesta. Gunther seguía sonriendo, como si el chiste que le hubieran contado fuera cada vez más y más divertido. Violet y Klaus subieron al escenario y luego ayudaron a subir a Sunny, y los tres huérfanos miraron con fiereza al terrible hombre que había aprisionado a sus amigos.

—Den sus mil, por favor, a señora Miseria —dijo Gunther, sonriendo a los niños—. Y la subasta habrá terminado.

—Lo único que ha terminado —dijo Klaus— es tu horrible plan.

—*¡Silko!* —añadió Sunny, y luego, con ayuda de los dientes, aunque todavía le dolieran a causa de la ascensión por el hueco del ascensor, la pequeña de los Baudelaire mordió el cajón de embalaje y empezó a desgarrarlo, con la esperanza de no estar haciéndoles daño ni a Duncan ni a Isadora Quagmire mientras lo hacía.

—¡Esperad un minuto, niños! —gruñó Esmé, levantándose de su elegante silla y pisando fuerte mientras se dirigía hacia la caja—. No podéis abrir la caja hasta que me hayáis dado el dinero. ¡Es ilegal!

—Lo que es ilegal —dijo Klaus— es subastar niños. Y pronto toda la habitación verá ¡que has violado la ley!

–Pero ¿qué es todo esto? –preguntó el señor Poe, dirigiéndose hacia el escenario. Jerome lo siguió, mirando primero a los huérfanos y luego a su mujer, con cara de confusión.

–Los trillizos Quagmire están en esta caja –explicó Violet mientras ayudaba a su hermana a abrir el cajón–. Gunther y Esmé intentan sacarlos a escondidas del país.

–¿Qué? –gritó Jerome–. Esmé, ¿es eso cierto?

Esmé no respondió, pero en un instante todo el mundo vería si era cierto o no. Los niños habían hecho trizas una gran parte de la caja y vieron una capa de papel blanco en su interior, como si Gunther hubiera empaquetado a los Quagmire al igual que un carnicero empaqueta un par de pechugas de pollo.

–¡Aguanta, Duncan! –gritó Violet hacia el papel–. ¡Solo unos segundos más, Isadora! ¡Os vamos a sacar de ahí!

El señor Poe frunció el entrecejo y tosió con el pañuelo blanco en la boca.

–Vamos a ver, niños Baudelaire –dijo con severidad cuando se le terminó el ataque de tos–, sé de buena tinta que los Quagmire están en una fábrica de pegamento, no dentro de un cajón de embalaje.

–Eso ya lo veremos –dijo Klaus y Sunny le dio otro buen mordisco al cajón. Con un fuerte crujido se partió justo por la mitad y su contenido se desparramó por el escenario. Llegados a este punto es necesario utilizar la expresión «cortina de humo». Una cortina de humo, por supuesto, es un montón de humo que asciende, pero también es una expresión que significa «una pista falsa que despista y engaña». Gunther había utilizado las iniciales V.B.F. de la caja para despistar a los Baudelaire y hacerles creer que sus amigos estaban atrapados en su interior, y siento decir que los Baudelaire no se dieron cuenta de que se trataba de una cortina de humo hasta que miraron el escenario y vieron lo que la caja contenía.

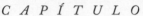

C A P Í T U L O
Trece

—¡Son blondas! —exclamó Violet—. ¡Esta caja está llena de blondas! —Y era cierto. Desparramadas por el escenario, entre los restos de la caja, había cientos y cientos de pequeñas y redondas servilletas con un lazo alrededor, esas servilletas que se utilizan para decorar una bandeja de galletas en una elegante merienda.

–Por supuesto –dijo el hombre de las gafas de sol. Se acercó al escenario y se quitó las gafas de sol, y los Baudelaire se dieron cuenta de que no era uno de los socios de Gunther. Era solo una persona que pujaba, vestida con traje de raya diplomática–. Iba a regalárselo a mi hermano por su cumpleaños. Son Volátiles Blondas para Fiestas. ¿Qué otra cosa podía ser V.B.F.?

–Sí –dijo Gunther, sonriendo a los niños–. ¿Qué otra cosa podía ser, por favor?

–No lo sé –dijo Violet–, pero los Quagmire no descubrieron un secreto sobre volátiles blondas. ¿Dónde los has metido, Olaf?

–¿Qué es Olaf, por favor? –preguntó Gunther.

–Bien, Violet –dijo Jerome–. Acordamos que no volveríamos a discutir sobre Gunther nunca más. Por favor, disculpa a los niños, Gunther. Creo que deben de estar enfermos.

–¡No estamos enfermos! –gritó Klaus–. ¡Nos han engañado! ¡Esta caja de blondas era una cortina de humo!

—Pero si la cortina de humo estaba en el lote número 48, el arenque ahumado —dijo alguien de entre la multitud.

—Niños, estoy muy disgustado con vuestro comportamiento —dijo el señor Poe—. Parece como si no os hubierais lavado en una semana. Gastáis el dinero en cosas estúpidas. Vais por ahí acusando a todo el mundo de ser el Conde Olaf disfrazado. Y ahora habéis puesto el suelo perdido de blondas. Alguien puede pisarlas y resbalar. Había imaginado que los Miseria os educarían mejor.

—Bueno, pues ya no vamos a educarlos más —dijo Esmé—. No después de haber dado todo este espectáculo. Señor Poe, quiero que estos horribles niños dejen de estar a mi cargo. No vale la pena tener huérfanos, aunque se lleven.

—¡Esmé! —gritó Jerome—. Han perdido a sus padres, ¿adónde más pueden ir?

—No discutas conmigo —espetó Esmé—, y yo te diré adónde pueden ir. Pueden irse...

—Conmigo, por favor —dijo Gunther, y colocó

una de sus huesudas manos sobre el hombro de Violet. Violet recordó la ocasión en que ese malvado villano urdió un complot para casarse con ella, y se estremeció bajo sus codiciosos dedos–. Yo soy amante de los niños. Me haría feliz, por favor, educar a los tres niños. –Puso su otra huesuda mano sobre el hombro de Klaus y luego avanzó un paso como si fuera a poner una de sus botas sobre el hombro de Sunny para que los tres Baudelaire quedaran aprisionados en un siniestro abrazo. Sin embargo, el pie de Gunther no llegó a apoyarse sobre el hombro de Sunny. Se apoyó sobre una blonda y, en cuestión de segundos, la predicción del señor Poe de que alguien se resbalaría se hizo realidad. Con un *¡pam!* que sonó a papel, Gunther se encontró de repente en el suelo, mientras agitaba las manos entre las blondas y movía las piernas sobre el escenario.

–¡Por favor! –gritó cuando dio contra el suelo, pero sus extremidades en movimiento solo consiguieron que resbalase más, y las blondas empezaron a esparcirse por el escenario y a caer al suelo del Salón Veblen. Los Baudelaire observaron cómo las elegantes servilletas revoloteaban a su alrededor, produciendo sonidos tenues y susurrantes cuando caían, aunque a continuación oyeron dos sonidos más fuertes, uno tras otro, como si la caída de Gunther hubiera provocado que algo más pesado acabase en el suelo. Cuando se volvieron para ver de dónde provenía el sonido, vieron las botas de Gunther en el suelo, una situada a los pies de Jerome y otra a los del señor Poe.

—¡Por favor! —volvió a gritar Gunther, mientras luchaba por levantarse, pero cuando por fin logró ponerse en pie, todos los demás lo estaban mirando.

—¡Miren! —exclamó el hombre que había llevado gafas de sol—. ¡El subastador no llevaba calcetines! ¡Eso no es de muy buena educación!

—¡Y miren! —dijo otra persona—. ¡Tiene una blonda metida entre dos dedos de los pies! ¡Eso no es muy agradable!

—¡Y miren! —dijo Jerome—. ¡Tiene tatuado un ojo en el tobillo! ¡No es Gunther!

–¡No es subastador! –gritó el señor Poe–. Ni siquiera es extranjero, ¡es el Conde Olaf!

–¡Es más que el Conde Olaf! –gritó Esmé, caminando lentamente hacia el terrible villano–. ¡Es un genio! ¡Es un maravilloso profesor de interpretación! ¡Y es el hombre más guapo y más de moda de toda la ciudad!

–¡No seas ridícula! –protestó Jerome–. Los villanos secuestradores y despiadados no se llevan.

–Tienes razón –admitió el Conde Olaf, y es un alivio poder llamarlo por su verdadero nombre. Olaf se quitó el monóculo y rodeó a Esmé con un brazo–. Ya no somos lo que se lleva, somos los que *se llevan* todo, y nos lo llevamos de la ciudad. ¡Vamos, Esmé!

Con una risa chillona, Olaf cogió a Esmé de la mano y saltó del escenario, apartando a codazos a la multitud al salir de estampida hacia la salida.

–¡Escapan! –gritó Violet, y saltó del escenario para ir tras ellos. Klaus y Sunny la siguieron todo lo rápido que pudieron, pero Olaf y Esmé tenían las piernas más largas, que en este caso es una ventaja tan injusta como el elemento sorpresa. Cuando los Baudelaire habían llegado al cartel con la cara de Gunther, Olaf y Esmé habían llegado al cartel donde ponía «In», y cuando los niños llegaron a ese cartel, los dos villanos pasaron por debajo del cartel donde ponía «Subasta» y cruzaron la puerta galardonada del Salón Veblen.

—¡Pardiez! —gritó el señor Poe—. ¡No podemos permitir que ese horrible hombre escape por sexta vez! ¡Todos a por él! ¡Ese hombre está buscado por una variedad de crímenes violentos y estafas financieras!

La multitud de moda se puso en acción y empezó a perseguir a Olaf y a Esmé, y sois libres de creer, pues esta historia se aproxima a su fin, que con tanta gente persiguiendo a ese malvado villano, le resultaría imposible escapar. Tal vez deseéis dejar este libro sin terminar e imaginar que Olaf y Esmé fueron atrapados, que los trillizos Quagmire fueron rescatados, que el verdadero significado de V.B.F. fue descubierto, que el misterio del pasadizo secreto que conducía a la arruinada mansión de los Baudelaire fue resuelto, que todo el mundo disfrutó de una agradable merienda campestre para celebrar toda esa buena suerte y que había un montón de helado y bocadillos para todos. Desde luego que no os reprocharía que imaginarais todas esas cosas, porque yo no dejo de imaginarlas. A altas horas de la noche, cuando ni siquiera el mapa de la ciudad puede consolarme, cierro los ojos e imagino que todas esas alegres y reconfortantes cosas rodean a los Baudelaire, en lugar de todas esas blondas que traían una nueva desdicha a sus vidas. Porque cuando el Conde Olaf y Esmé abrieron de un golpe la puerta del Salón Veblen, dejaron entrar la brisa de la tarde que hizo que todas las volátiles blondas revolotearan por encima de las cabezas de los Baudelaire y que volvieran a caer al suelo tras ellos, y, en un sinfín de patinazos, la multitud al completo cayó al suelo, unos sobre otros, formando un montón de papel y rayas diplomáticas. El señor Poe cayó sobre Jerome. Jerome cayó sobre el hombre que había llevado gafas de sol, y sus gafas de sol cayeron sobre una mujer que había pujado por el lote número 47. Esa mujer cayó sobre sus zapatillas de ballet de chocolate, y esas zapatillas cayeron sobre las botas del Conde Olaf, y esas botas cayeron sobre otras tres blondas que hicieron que otras cuatro personas más resbalasen y cayesen unas encima de otras, y pronto la multitud al completo quedó totalmente enredada.

Sin embargo, los Baudelaire ni siquiera miraron atrás para contemplar la última desgracia provocada por las blondas. Siguieron con la mirada clavada en la pareja de espantosas personas que bajaban corriendo la escalera del Salón Veblen hacia un gran camión de transporte de color negro. Al volante del camión estaba el portero, que por fin había hecho lo lógico y se había remangado el abrigo, aunque debió de resultarle difícil, porque mientras los niños miraban al camión descubrieron dos garfios donde deberían haber estado las manos del portero.

—¡El hombre de los garfios! —gritó Klaus—. ¡Ha estado delante de nuestras narices todo este tiempo!

El Conde Olaf se volvió para mirar con desdén a los niños justo cuando llegó al lugar donde se encontraba el camión.

—Puede que haya estado justo delante de vuestras narices —gruñó—, pero pronto estará justo en vuestros cuellos. ¡Volveré, niños Baudelaire! Pronto los zafiros Quagmire serán míos, pero no he olvidado vuestra fortuna.

—¿*Gonope?* —chilló Sunny, y Violet tradujo rápidamente.

—¿Dónde están Duncan e Isadora? —preguntó—. ¿Adónde los has llevado?

Olaf y Esmé se miraron entre sí y rompieron a reír mientras subían al camión negro. Esmé apuntó con un dedo de largas uñas hacia la plataforma del camión, que es la parte trasera donde se cargan las cosas en un camión de transporte.

—Los hemos usado como cortina de humo para engañaros —dijo, mientras el motor del camión rugía al ponerse en marcha. Los niños vieron, en la parte trasera del camión, el gran arenque ahumado que desprendía una cortina de humo y que había sido el lote número 48 de la Subasta In.

—¡Los Quagmire! —gritó Klaus—. Olaf los ha encerrado dentro de esa escultura. —Los huérfanos bajaron corriendo la escalera del vestíbulo. De nuevo puede que consideréis más agradable dejar el libro, cerrar los ojos e imaginar un final para esta historia mejor que el que yo puedo escribir. Imaginad, por ejemplo, que cuando los Baudelaire llegaron al camión, escucharon que el motor se ahogaba en lugar del sonido del claxon que se oyó mientras el hombre del garfio se llevaba a sus jefes. Podéis imaginar que los niños oyeron el sonido de los Quagmire escapando de la escultura del arenque, en lugar de la expresión «¡Hasta más ver!», pronunciada por la malvada boca de Esmé. Y podéis imaginar el sonido de las sirenas de la policía mientras el Conde Olaf era atrapado por fin, en lugar de los llantos de los huérfanos Baudelaire mientras el camión negro doblaba la esquina y desaparecía de su vista.

Sin embargo, todo lo que imaginaseis sería artificioso, como lo son todas las cosas que se imaginan. Son tan irreales como el subastador artificioso que encontraron los Baudelaire en la casa de los Miseria, como el ascensor artificioso que se encontraba delante de su puerta principal y como la tutora artificiosa que los arrojó al oscuro foso del hueco del ascensor. Esmé ocultó su malvado plan tras la reputación de sexta mejor asesora financiera de la ciudad, el Conde Olaf ocultó su identidad tras un monóculo y unas botas negras, y el oscuro pasadizo ocultó sus secretos tras un par de puertas correderas de ascensor. Sin embargo, aunque me duela contaros que los huérfanos Baudelaire se quedaron en la escalinata del Salón Veblen, llorando con angustia y frustración mientras el Conde Olaf escapaba con los trillizos Quagmire, no puedo ocultar las desdichadas verdades sobre la vida de los Baudelaire tras un artificioso final feliz.

Los huérfanos Baudelaire se quedaron de pie en la escalinata del Salón Veblen, llorando con angustia y frustración mientras el Conde Olaf escapaba con los trillizos Quagmire, y la visión del señor Poe emergiendo por la puerta galardonada, con una blonda en el pelo y mirada de pánico en los ojos, hizo que llorasen con más fuerza.

—Llamaré a la policía —dijo el señor Poe— y ellos capturarán al Conde Olaf enseguida. —Sin embargo, los Baudelaire sabían que esa frase era tan artificiosa como los errores que cometía Gunther al hablar. Sabían que Olaf era demasiado listo para dejarse capturar por la policía, y siento decir que cuando dos detectives encontraron el camión de transporte de color negro abandonado a la salida de la catedral de Saint Carl con el motor todavía en marcha, Olaf ya había trasladado a los Quagmire del arenque ahumado a un brillante estuche negro que servía para guardar un instrumento, y al conductor del autobús le dijo que era una tuba que le llevaba a su tía. Los tres hermanos vieron cómo el señor Poe entraba a toda prisa en el Salón Veblen para preguntarles a los componentes de la multitud de moda dónde podía encontrar una cabina telefónica, y supieron que el banquero no les iba a ser de gran ayuda.

–Creo que el señor Poe será de gran ayuda –dijo Jerome al salir del Salón Veblen y sentarse en la escalinata para intentar consolar a los niños–. Va a llamar a la policía y a darles una descripción de Olaf.

–Pero Olaf siempre va disfrazado –dijo Violet, desolada, secándose los ojos–. Nunca se sabe qué aspecto tendrá hasta verlo.

–Bueno, voy a asegurarme de que no lo volváis a ver jamás –prometió Jerome–. Puede que Esmé se haya ido, y no voy a discutir con ella, pero yo sigo siendo vuestro tutor y os voy a llevar muy pero que muy lejos de aquí, tan lejos que os olvidaréis del Conde Olaf y de los Quagmire, y de todo lo demás.

–¿Olvidar a Olaf? –preguntó Klaus–. ¿Cómo podemos olvidarlo? Jamás olvidaremos su maldad, no importa dónde vivamos.

—Y jamás olvidaremos a los Quagmire —dijo Violet—. No quiero olvidarlos. Tenemos que averiguar adónde se ha llevado a nuestros amigos y tratar de rescatarlos.

—*¡Tercul!* —exclamó Sunny, que significaba algo así como «¡Y tampoco queremos olvidar todo lo demás, como el pasillo subterráneo que llevaba a nuestra mansión en ruinas ni el verdadero significado de V.B.F.!».

—Mi hermana tiene razón —afirmó Klaus—. Tenemos que seguirle la pista a Olaf y averiguar qué secretos nos oculta.

—No vamos a seguirle la pista a Olaf —dijo Jerome, temblando al pensarlo—. Tendremos suerte si él no nos sigue la pista a nosotros. Como tutor vuestro, no puedo permitir que intentéis encontrar a un hombre tan peligroso. ¿No preferiríais quedaros conmigo, a salvo?

—Sí —admitió Violet—, pero nuestros amigos están en grave peligro. Debemos ir a rescatarlos.

—Bueno, no quiero discutir —dijo Jerome—. Si

estáis decididos, no hay más que hablar. Le diré al señor Poe que os busque otro tutor.

—¿Quieres decir que no nos ayudarás? —preguntó Klaus.

Jerome suspiró y besó a los Baudelaire en la frente.

—Os tengo mucho cariño, niños —confesó—, pero no soy tan valiente como vosotros. Vuestra madre siempre decía que no era lo suficientemente valeroso, y supongo que tenía razón. Buena suerte, niños Baudelaire, creo que la vais a necesitar.

Los niños miraron asombrados a Jerome mientras se alejaba sin tan siquiera volver la vista para mirar a los tres huérfanos que dejaba atrás. A los huérfanos se les volvieron a anegar los ojos de lágrimas cuando lo vieron desaparecer. No volverían a ver el ático de los Miseria jamás, ni a pasar otra noche en sus habitaciones ni a pasar otro momento vestidos con sus enormes trajes de raya diplomática. Aunque no era tan ruin como Esmé o el Conde Olaf o el hombre de los garfios, Jerome era un tutor artificioso, porque un tutor auténtico proporciona un hogar, con un lugar para dormir y algo de ropa, pero lo único que les había dado Jerome había sido aquel «buena suerte». Jerome llegó al final de la manzana y giró hacia la izquierda, y los Baudelaire volvieron a quedarse una vez más solos en el mundo.

Violet suspiró y miró al suelo en dirección hacia el lugar por donde había huido Olaf.

—Espero que mis habilidades como inventora no me fallen —dijo—, porque vamos a necesitar más que buena suerte para rescatar a los trillizos Quagmire.

Klaus suspiró y miró hacia el suelo en dirección hacia el lugar donde estaban los restos incinerados de su primer hogar.

—Espero que mis habilidades como investigador no me fallen —dijo—, porque vamos a necesitar más que buena suerte para resolver el misterio del pasadizo y la mansión de los Baudelaire.

Sunny suspiró y contempló una solitaria blonda que bajaba revoloteando por la escalera.

—*Muerdo* —dijo, y quería decir que esperaba que sus dientes no le fallaran, porque iban a necesitar más que buena suerte para descubrir lo que significaba realmente V.B.F.

Los Baudelaire se miraron entre sí con una sonrisa tímida. Sonreían porque no creían que las habilidades como inventora de Violet, ni las de Klaus como investigador, ni los dientes de Sunny fueran a fallarles. Sin embargo, los niños también sabían que tampoco se fallarían entre ellos, como Jerome les había fallado y como les había fallado el señor Poe en ese momento, cuando marcó el número equivocado y se puso a hablar con un restaurante vietnamita en lugar de con la policía. No importa cuántas desdichas hubieran recaído sobre ellos y no importa cuántas cosas artificiosas se encontrasen en el futuro: los huérfanos Baudelaire sabían que podían confiar en ellos mismos durante el resto de sus vidas, y esa seguridad parecía la única cosa cierta del mundo.

Si la numerosa familia de **LEMONY SNICKET** siguiera viva, lo describiría como un distinguido estudioso, un entendido diletante y un indiscutido caballero. Por desgracia, esta descripción ha sido puesta en duda últimamente, aunque Editorial Montena sigue respaldando su investigación y publicando sus escritos sobre la vida de los huérfanos Baudelaire.
Visítalo en el sitio web
www.lemonysnicket.com

BRETT HELQUIST nació en Ganado, Arizona (Estados Unidos); creció en Orem, Utah, y ahora vive en la ciudad de Nueva York. Se licenció en Filosofía y Letras en la Brigham Young University y ha trabajado desde entonces como ilustrador. Sus trabajos han aparecido en numerosas publicaciones, entre las que cabe destacar la revista *Cricket* y *The New York Times*.

A mi querido editor:

Siento que este papel esté empapado, pero te escribo desde el lugar en que los trillizos Quagmire estaban escondidos.

   La próxima vez que te quedes sin leche, compra un cartón y págalo en la caja registradora número 19 del Pseudosupermercado. Cuando llegues a casa, encontrarás mi relato de las últimas experiencias de los hermanos Baudelaire en esta espantosa ciudad metido en tu bolsa de la compra junto con una tea calcinada, la punta de un arpón y un mapa de las sendas migratorias de los cuervos de V.B.F. También hay una copia del retrato oficial del Consejo de los Ancianos, que servirá para que el señor Helquist realice sus ilustraciones.

   Recuerda que eres mi última esperanza de que finalmente las historias de los huérfanos Baudelaire puedan ser contadas al público.

Con todos mis respetos,

Lemony Snicket

Lemony Snicket

ESTE LIBRO HA SIDO IMPRESO
EN LOS TALLERES DE
LITOGRAFIA ROSÉS, S. A.
PROGRÉS, 54-60. GAVÀ (BARCELONA)